11/06 € 8,30

rubikon

Sebastian Ingenhoff

rubikon

Novelle

Mit Ilustrationen
von Tania Hartmann

ventil

Sebastian Ingenhoff
wurde 1978 in Duisburg geboren und
lebt derzeit als freier Autor in Köln

Besonderer Dank geht raus an:
Cigdem, Tania, Linus, Martin, Jens,
Roland und Uli

1. Auflage 2006
ISBN-10: 3-931555-81-X
ISBN-13: 978-3-931555-81-8

Covergestaltung und Illustrationen:
Tania Hartmann
Innengestaltung: Oliver Schmitt
Druck: Fuldaer Verlagsanstalt, Fulda

Ventil Verlag
Augustinerstraße 18, 55116 Mainz
www.ventil-verlag.de

Für meine Freunde

Wir begutachteten die Geschichte der Irdischen.
Dies war unser Geschlecht.

(Peter Weiss)

1.

Es war das Jahr 1986. Wir waren acht Jahre alt, gerade in die dritte Klasse gekommen und Poststrukturalisten. Wir, das sind der dicke Lars, der Lukacs und ich. Einer kleinen Rotte unbedarfter Häschen gleich, hingen wir aufeinander, debattierten munter vor uns hin, hoppelten müßig umher und verschlangen Bücher. Die Bücher und wir – das war schon eine Freundschaft für sich. Selten sah man einen von uns ohne Buch in der Hand, zumindest im Ranzen hatten wir immer welche dabei. Ich meine natürlich nicht die in dritten Klassen gängigen Bestseller wie »Rabenschlau rechnen« oder »ABC Freunde«, sondern waschechte Bücher. Bücher, welche mit ihrer Strahlkraft bereits die große Welt verändert hatten. Bücher, die auch uns noch ihren Stempel aufdrücken sollten.

Das absolute Sahnebonbon war für uns glasklar der Deleuze, und ich glaube, das hatte auch viel damit zu tun, dass der so gerne über Schizophrene und Nomaden schrieb, denn da konnten wir uns alle drei doch sehr stark für begeistern. Die Idee des Nomaden sollte unsere Weltsicht noch entscheidend prägen. Und der Schizo, das war auch so ein Ideal. Tagelang konnten wir uns in deleuzianischen Sätzen unterhalten, uns bis aufs Blut damit zerfleischen.

Jeder Satz ein Knaller, ein wahrer Schuss vor den Bug, das war unsere Maxime!

Sätze verschluckten wir geradezu, kauerten uns in ihnen zusammen wie in einem Baumhausversteck. Und es gab bei uns ja wenige, die sich in Sätzen zusammenkauerten oder darin Schutz suchten, die sich in das seltsame Paralleluniversum der Wörter flüchteten. Ich glaube im Nachhinein sogar, wir waren die Einzigen. Man muss schon sagen, dass die meisten bei uns an der Grundschule erhebliche Schwierigkeiten hatten, überhaupt auch nur einen geraden Satz zu formulieren, geschweige denn aus Büchern zu rezitieren. Die spielten fangen oder Fußball oder schlugen sich, aber Wörter blieben da doch eher Randerscheinungen. Der gemeine Grundschüler ließ in der Regel Taten sprechen, das war nun mal so. Eines Tages lassen wir auch mal Taten sprechen, dachten wir uns dann, aber richtige Taten, kein halbseidenes Zeug – richtige Taten, mit weltverändernden Konsequenzen. So dachten wir damals. Eines Tages hätten wir die Welt im Griff.

Die Leute betippten natürlich unentwegt ihre Stirn, wenn sie uns sahen oder reden hörten, aber das störte uns nicht. Wir hatten unsere ureigenen Codes, in denen wir miteinander kommunizierten, wie eine Geheimsprache, eine parallele Welt, aus der Nicht-Eingeweihte ausgeschlossen waren. Oder sich freiwillig selbst ausschlossen. Ich glaube, es waren im Endeffekt nicht wenige, die sich selbst und uns schon mal kategorisch ausschlossen, nicht nur aus Gründen der Sprache, da spielten auch andere Faktoren hinein.

Das mag den einen oder anderen zwar verwundern, aber ich kann mit Fug und Recht behaupten, dass wir zu jenem

Zeitpunkt noch keine Könige waren. Unser Königsweg war ein langer und steiniger. Ein hindernisreicher Parcours, durch den wir uns vorsichtig, aber zielstrebig lavieren mussten. Zu jenem Zeitpunkt, da waren wir nur eine harmlose Bande von tapsigen Streunern, die in der weiten Prärie des Schulhofs wacker um ihren Fortbestand kämpfte. In der ewigen Wüste unseres kleinen überschaubaren Heimatdorfes. Die sich irgendwie durchsetzen musste gegen die Alphatiere und nicht selten den Kürzeren zog. Zumindest körperlich gesehen. Der Darwinismus war gerade zu einem der führenden Ismen befördert worden und verlachte uns mit außerordentlicher Bosheit.

Die Platzhirsche auf dem Hof waren die Acid-Füchse aus der 4b, eine Gruppe von hochtrabenden Technokraten, die ausschließlich via Walkie Talkies kommunizierten und mit ihrem exorbitanten Taschengeld, welches das Salär der hier beamteten Lehrer weiß Gott um einiges überstieg, nur so um sich warfen. Die Eltern von denen hatten Jobs wie Bezirksvorsteher, Oberwachtmeister, Modeguru oder Fitnessstudiobesitzer. Die Acid-Füchse waren ziemlich exklusiv unterwegs. Das war ein ganz anderes Milieu. Die hatten sogar schon weibliche Freunde, das muss man sich mal vorstellen. Der ihr Anführer, der Rene, ging mit einer waschechten Pennälerin, also einer aus der fünften Klasse vom städtischen Gymnasium.

Und die aus der Fünften waren wirklich privilegiert, besonders die vom Gymnasium. Man wurde nämlich morgens mit dem Schulbus abgeholt und direkten Weges in eine der vielen umliegenden Kleinstädte verfrachtet, weil es in unserem Dorf ja keine weiterführenden Schulen gab. Das war

also schon ziemlich extraordinär. Die Pennäler waren regelrecht weltläufig, nach unseren Maßstäben: Jet Set. Dass der Rene als Viertklässler mit einer Pennälerin ging, war seinem Selbstbewusstsein natürlich zuträglich, und davon profitierten auch die restlichen Acid-Füchse. Wenn die Acid-Füchse Mädchenbesuch bekamen, dann floss der Kakao nur so in Strömen und es wurden auch ordentlich Lakritzstangen verdrückt. Die standen ein paar Etagen über uns in der grundschulischen Hierarchie, keine Frage.
Trotz ihrer gehobenen Position guckten die immer total unterkühlt und bewegten sich sehr gestelzt und mechanisch, so als ob ihnen eine höhere Instanz den Rhythmus diktierte. Als ob die an irgendetwas angebunden wären, in der Art einer Marionette, so tanzten die durchs Leben, mit silberglänzenden verspiegelten Sonnenbrillen auf der Nase, dunklen teuren Synthetikjacken und weißen Medizinerhandschuhen. Einer, meist der Rene, gab dann den Takt vor, und die Anderen ließen android die Hände kreisen als würden sie gerade Fenster putzen, drehten sich mit einem Affenzahn um die eigene Achse, machten Purzelbäume oder schlugen die Beine so hoch als wollten sie in den Himmel treten. Wenn dann noch der Rene im Kopfstand über den Hof stolzierte, stand sogleich eine Riesentraube um die herum und feuerte jubelpersergleich durch die Gegend als hätte unser Dorf 500-Jahr-Feier. Darauf waren wir schon ziemlich neidisch und dachten uns immer, eines Tages werden wir auch mal so eine Traube haben. Unsere jubelpersernde Traube. Nur für den Lars, den Lukacs und mich. Dann stehen die Acid-Füchse wie auch die anderen Schüler begeistert um uns herum, klatschen und nicken uns aner-

kennend zu, statt uns nur enthemmt mit Hieben einzudecken, wie es so oft der Fall war.
So träumten wir damals vor uns hin. Es wusste ja auch noch keiner von der Spießrute, die wir vorerst zu durchlaufen hatten.
Strikte Hierarchien herrschten bei uns auf dem Schulhof, welche wir verändern wollten, doch ganz so leicht ging das nicht. Unsere Waffe war das Wort, aber wenn du in der Dritten bist, da hilft das Wort nun mal nicht viel. In der dritten Klasse wird relativ wortlos gekämpft. Die Fäuste flogen nur so wild umher und trafen dabei dies und das und unter anderem gerne mal einen von uns oder auch zwei, manchmal gleich alle drei.
Der Kampf mit Körpern gehörte nicht gerade zu unseren Stärken; ich war für so etwas einfach zu schmächtig und der dicke Lars zu ungelenk, von dem Lukacs und seiner schildkrötigen Art mal ganz zu schweigen, das war kein Geheimnis bei uns auf dem Hof. Dem Lars hat man aus Böswilligkeit immer ein Bein gestellt, das war fast schon ein Ritual. Weil der Schulhof schräg abfiel, der artete fast im 45-Grad-Winkel aus, rollte der dann ungelogen den ganzen Hof hinunter bis zur Straße, weil der sich auch so schwer abstützen konnte und so unförmig war, hilflos wie ein Fass mit Wein drin kugelte der dann im Sauseschritt an den anderen Kindern vorbei. Da lag der dann im Dreck, Stolz und Männlichkeit waren nur noch leere Kategorien für den Lars, die zu erfüllen er sich überhaupt keine Mühe mehr machte. Es wäre auch hoffnungslos gewesen. Als wäre sein Stolz über Winter nach Süden geflogen. Resignierend zuckte der nur ratlos mit den Schultern und wusste auch nicht mehr

weiter. Der Respekt war niemals auf der Seite vom Lars, das kann man wohl problemlos so schreiben. Die Mädchen kicherten lauthals und die Lehrer fummelten nervös an ihren Brillen herum. Oder schauten peinlich berührt auf den Boden, so unter dem Motto, Manometer, hier hat der liebe Gott aber echt geschlafen. Für den Lars und auch für uns, da waren sich selbst die Lehrer zu fein, so viel stand fest. Das war das ungeschriebene Gesetz des Schulhofs. Kein Mensch griff ein, wenn wir mal wieder gepiesackt wurden. Niemals. Hau den Lukacs und schubs den Lars, das hatten sich nicht wenige als Leitmotiv in ihre Hefte geschrieben.
Die Leute kämpften also viel, aber sie kämpften nicht um unsere Freundschaft. Wir waren Randfiguren und das störte uns nicht wirklich, denn all unsere Helden waren das ja im Grunde genommen auch. Kafka, Melville, Plath, Genet, alles Marginalisierte und Nomaden – wie wir! Naja, Nomaden waren wir nicht wirklich, wir kamen ja nicht besonders viel herum, außer unserem Örtchen hatte keiner von uns großartig was gesehen und die Welt an sich war für uns auch nur so eine Idee und Spiegelung, wir kannten sie ja lediglich aus Büchern und vielleicht noch dem Kulturweltspiegel.
Die reale Welt war ein Phantasma! Das fanden wir fantastisch, fühlten gleichzeitig aber auch ein latentes Unwohlsein in unseren ausgegrenzten Körpern. Denn natürlich träumte jeder von uns von der Welt, aber ein jeder hatte gleichwohl den Caspar Hauser verschlungen und wusste dementsprechend von den Gefahren der Befreiung aus einer solchen Haft. Wir waren isoliert und lebten in einer Illusion, somit war auch unsere Isoliertheit nur eine Illusion, trösteten wir uns und schworen, eines Tages unsere Begegnung mit der

Wirklichkeit wahr werden zu lassen. Ansonsten ging es uns gar nicht so schlecht. Wir hatten unsere Spielsachen, massenhaft Bücher und wir waren beste Freunde.

Der dicke Lars war, wenn man solche Kategorisierungen überhaupt vornehmen darf, mein allerbester Freund. Wir lebten nur einen Katzenwurf voneinander entfernt und stiefelten immer gemeinsam zur Schule. Jeden Tag um Punkt drei viertel Acht stand der Lars auf meiner Matte und wir schlenderten stramm fürbass. Über den alten Postweg an den Weiden und ausgemergelten Kastanien vorbei ließen wir die Einkaufsstraße links liegen und überholten dabei so manchen. Den Lars, den muss man sich wohl am besten vorstellen wie eine Menschgewordene Lasagne. Der Lars war eine hypostasierte Fleischlasagne. Es ist natürlich gemein, so über einen Menschen zu schreiben, aber das ist nicht einmal als Verhohnepiepelung gemeint, sondern wirklich niedlich. Der Lars aß halt sehr gerne und schielte dabei manchmal zu tief in den Teller hinein. Insgeheim hatten wir sogar einen Kosenamen für ihn, nämlich das *Lasum*, weil da Lasagne und Lars gleichermaßen mitschwang und wir hatten somit den Lars gleich noch geschlechtsmäßig neutralisiert. Eine Zeit lang nannten wir beides nur das Lasum. So hatten wir zwei Worte aus der Pest, welche die gemeine Sprache für uns darstellte, getilgt und dafür ein neues erfunden, wir hatten die Sprache verknappt und in gewissen Sinne auch geöffnet, und das Spiel nannten wir Neologismisierung. Die alte Sprache fanden wir nur noch vulgär, stumpf, unzulänglich, also suchten wir uns eine neue. Eine Sprache, in welcher uns die Welt zu Füßen lag.

Nur in der realen Welt stießen wir damit des Öfteren auf Probleme. Wenn ich zum Beispiel mit den Eltern zum Italiener ging und beim Kellner in mich hineinschmunzelnd einen »Lasum« bestellte, erntete ich natürlich, wie zu erwarten, verständnislose Blicke und ein ernüchterndes Kratzen am Kopf. Meine Mutter ermahnte mich dann mit dem Finger und ergänzte: »Der Bengel meint Lasagne«, und watschte mich dreifach, so dass es laut schallte, noch vor den Augen des Kellners, was mein Selbstwertgefühl nicht gerade auf den Gipfel trieb – im Gegenteil.

Aber wir spielten munter weiter Neologismisierung. Ständig ersetzten wir Begriffe durch andere Zeichen, tauschte herum oder erfanden einfach welche. Beispielsweise nannten wir die große, in der Mitte des Schulhofes aufgebahrte Schuleiche eine ganze Sommerwoche lang nur den *Laubfrosch*, weil sie der Silhouette einer Kröte nachgezeichnet erschien und an der Rinde vom ganzen Moos, das sich im Laufe der Jahre angesammelt hatte, immer so vergrünt war wie eine Kröte mit Lepraflecken drauf. Im Winter hingegen, wenn es arg schneite, dann war die Eiche immer einer der ersten Bäume, der völlig verschneit war. Eines kalten Wintertages ging der Lukacs auf den Hof und rief: »Oh, schaut mal, wie erhaben es ausschaut, das *Weiße Algum*.« Das war natürlich ein fuchsschlauer Neologismus und setzte sich zusammen aus dem weißen Album und der Alge, daran dachte der Lukacs wahrscheinlich noch wegen der Moos-assoziation.

Den Bolzplatz vor unserem Haus nannten wir schlichtweg den *Cage*, und auch das bedarf wohl einer Erklärung: Er war von riesenhohen Gitterstäben umzäunt und somit ein wenig dem architektonischen Stil eines Gefängnisses nachempfunden, daher nahmen wir einfach die englische Bezeichnung für Käfig und hatten die gesamte Anlage auch gleich wieder kultiviert, wegen John Cage, den wir sehr verehrten. Der Cage war unser geheimes Refugium, hier fanden wir immer zusammen, wenn wir etwas Konspiratives ausheckten oder uns einfach nur vor der Schularbeit drücken wollten. Manchmal spielten die Großen hier auch Fußball, dann mussten wir uns verziehen oder so tun, als blödelten wir einfach nur stupide vor uns hin, aber im Regelfall war der Cage der Geheimpunkt, an dem wir ungestört unsere Klausuren abhalten konnten.

Der Lukacs war von uns dreien wohl der komplexeste Charakter. Seine Familie war ziemlich intellektuell unterwegs und lebte auch noch nicht so lange in unserem Örtchen, erst vor ungefähr sechs Jahren waren sie aus Hof bei der Tschechoslowakei hier hingezogen, beruflich hatte sich der Hof einfach nicht mehr so rentiert für die Eltern vom Lukacs. Der Lukacs war damit auch der Einzige von uns, der jemals eine andere Stadt gesehen hatte als unser beschauliches Dorf, aber damals war er ja noch klein und konnte sich nicht wirklich mehr an Hof erinnern. Seine Mutter arbeitete als Professorin am örtlichen Institut für angewandte Sozialforschung und den Vater konnte man den Neo-Trotzkisten zuschreiben, der philosophierte viel und schrieb haufenweise Bücher. Lukacs war wohl auch der Melancholiker in unserer Gruppe, weswegen der Lars schon immer witzelte, die Ablösung von seiner Mutter wäre scheinbar unvollständig verlaufen. Das schien dann natürlich nur totales Geschwafel zu sein, den Lukacs mochten wir wirklich sehr gerne und die Witzeleien von Lars deuteten einige von uns auch als Kompensationsversuche seiner eigenen, auf der Hand liegenden Unterlegenheit, denn in vielen Dingen, vor allem solchen, welche den Geist betrafen, war uns der Lukacs quasi Lichtjahre voraus. Abgesehen davon hatte der Lars selber schwerwiegende familiäre Probleme, worauf diese Novelle noch ausführlicher eingehen wird.

Der Lukacs sah das Melancholikertum durchaus positiv. »Der Melancholiker atmet Freiheit an einem edlen Busen«, singsangte er immer vor sich hin und wir anderen schauten etwas verdattert, weil der Einzige unter uns mit Busen doch der Lars war, der hatte wegen seiner Fülligkeit ein gutes Stück Brust. Lukacs war auch der Schweigsamste von uns, stundenlang konnte er da sitzen und nicht eine Silbe umspielte seine schmalen zarten Lippen, während der dicke Lars und ich uns mit Aphorismen bombardierten, dass es nur so aufeinander krachte. Bis er dann wie aus dem Nichts heraus schildkrötengleich den Kopf hob und uns mit einem Satz komplett ausstach, so dass alles, was der Lars und ich zuvor gesagt hatten, nunmehr wie leere Hülsen erschien, die mit einem Male verpufften und somit alles wieder nullifiziert war. Er sprach immer sehr behäbig und leise, man musste ihm ziemlich genau zuhören und jeden Satz im Kopf hin- und herschallen lassen, um sich seiner gesamten Tragweite bewusst zu werden. Es war ein bisschen so, wie sich mit einer sehr sehr alten Oma zu unterhalten, dabei war der Lukacs gerade mal acht! Aber wenn man Lukacs Sätze erst einmal verdaut hatte, dann war sofort klar, dass hier etwas ziemlich Gescheites im Busch lag. Man suchte minutenlang verzweifelt nach einer ebenso gescheiten Antwort, so dass nach Lukacs Sätzen meist für einige Zeit Ruhe im Cage war, weil der Lukacs selbst auch so wenig sprach, selten bot er mehr als zwei/drei Sätze am Stück feil. So verbrachten wir ganze Nachmittage mit Reden und Schweigen, und immer wenn der Lukacs geredet hatte, dann schwiegen wir anderen.

Eine unserer Haupttätigkeiten war das Echauffieren. Wir echauffierten uns ständig über irgendetwas. Das fing an bei der Architektur des Bolzplatzes und zog sich hin über die Klassenkameraden bis zur Literatur und dann wieder zu unseren Lehrern. Ich glaube, im Fokus unseres Echauffierens standen lange Zeit die Lehrer, wobei wir da zugegebenermaßen auch ziemlich polemisch polterten. Vor allem der dicke Lars neigte dazu, ziemlich zu polemisieren, was ihm der Lukacs immer recht pointiert vor die Augen halten konnte, wenn er in seinem Schildkrötengestus einen dieser brillanten Sätze deklamierte, der den Lars dann zur sprichwörtlichen Schnecke machte und ihm die Löffel lang zog. Meistens waren wir uns aber einig in unserer radikalen Ablehnung der Lehrer und hauten einfach drauf los, wobei wir dem Lars dann auch seine aus Unterlegenheitsgefühlen heraus resultierende Polemik verziehen.

Unser Klassenlehrer hieß Herr Friederich und der war nun wahrlich ein ziemlicher Hammel. Seine Sprachestunde Stückwerk zu nennen wäre noch ein Euphemismus. Wir mussten haufenweise Aufsätze verfassen und ich hatte mir angewöhnt, immer aus der Perspektive eines kleinen Mädchens zu schreiben. Ich wollte das weibliche Schreiben bei uns an der Grundschule kultivieren, um die in unserer Klasse (wie übrigens auch im gesamten Dorfe) vorherrschende extrem chauvinistische Grundhaltung zu unterlaufen und nebenbei die Möglichkeiten eines weiblichen Schreibens

vollends auszuschöpfen. Der Friederich maßregelte mich daraufhin regelmäßig und machte mich zum Gespött der gesamten Klasse. »Eine ungeheure Schwulität, dieser Aufsatz!«, stampfte der dann vor dem ganzen Haufen wie bekloppt auf den Boden und die Mädchen kicherten und die Jungs versohlten mich dafür draußen auf dem Hof noch für diese ungeheure Schwulität gleich mit und beschimpften mich und der Friederich schüttelte nur resignierend mit dem Kopf, da lag ich dann eh schon immer wie ein kafkaesker Käfer auf dem Rücken und hatte nicht weniger als die komplette Welt gegen mich. Ich gratulierte mir herzlich.
Der Lukacs und der Lars hoppelten dann verzweifelt um den Lehrer herum und versuchten mich zu verteidigen, von wegen das sei erst einmal kein Aufsatz, sondern ein Essay und ... aber der Friederich verstand nicht einmal die Bohne von dem, was Lukacs da sagte und so bekamen wir alle noch eine Festschrift in unserem Klassenbuch.
Die Themen der Aufsätze waren natürlich strikt vorgegeben und entsprachen voll und ganz dem dörflichen Charakterbrunnen, in den der Friederich Zeit seines Lebens getaucht wurde. Ich meine, wir wollten halt keine Essays über das Sommerfest des örtlichen Sportvereins oder die Eröffnung einer neuen Schnellimbisskette schreiben, weshalb wir uns anderer, für uns hochwertigerer Sujets annahmen, was uns noch einmal ein paar Noten nach unten bugsierte, zusätzlich zu dem Dilemma, das ich eh schon wegen meiner weiblichen Schreiberei hatte. »Thema verfehlt«, stand dann neben der Fünf, und der Friederich wusste wahrscheinlich selbst nicht, was er damit meinte. Also kamen wir ständig mit brillanten Aufsätzen und schlechten Noten nach Hause

und daraufhin setzte es dann noch einmal drei Watschen, diesmal von unseren Eltern.
So waren wir meistens Opfer und das kam auch nicht von ungefähr, denn einerseits wurde die Opferrolle von außen an uns herangetragen, uns gewissermaßen aufoktroyiert, andererseits aber war das auch eine Art innere Einstellung, ein Credo, das sich in uns festsetzte wie eine Maus in einem Stück Appenzeller, an dem wir genüsslich fraßen. Die Opferrolle hatten wir schon früh thematisiert, gleich zu Beginn unserer Freundschaft, beziehungsweise der Lukacs hatte sie thematisiert in einem seiner seltenen längeren Monologe. Er sprach von Bescheidenheit und davon, dass es auf der Welt immer Plagen und Opfer gebe und immer gegeben habe und dass man sich, soweit wie nur irgendwie möglich, weigern müsse, auf Seiten der Plage zu sein. Im Gegenteil, man solle sich bei jeder Gelegenheit auf die Seite der Opfer stellen, um den Schaden zu begrenzen. So schlossen wir damals einen Pakt, und beschlossen, nicht nur immer auf der Seite der Opfer zu sein, sondern gleich selbst Opfer zu sein, und zwar komplett, um gar nicht erst in irgendeine Bredouille zu geraten und Kompromisse schließen zu müssen. Aber wahrscheinlich wäre dieser Pakt nicht nötig gewesen, denn die Welt tat ja mit voller Kraft und Elan ihr Übriges, dass wir diese Rolle auch wirklich zu hundert Prozent ausfüllten.
Der Lukacs kam immer auf solche Ideen, er hatte auch die meisten Ideen von uns, er war ein bisschen wie der Tarrou aus Camus' »Die Pest«, ein echter Heiliger. Ein Heiliger ohne Gott. Denn ohne Gott waren wir alle. Wir beschlossen schon früh, Atheisten zu werden, weil unsere Autoritätenablehnung sich wunderbar mit einer Ablehnung Gottes in

Einklang bringen ließ. Wir lebten ohne die Berufung auf etwas Höheres und konnten somit auch Gott ganz leger von uns abtrennen und ausschließen. Und wenn es einen Gott gäbe, dann wäre die Inkonsequenz seine Größe und die Unmenschlichkeit sein Beweis, triumphierten wir dann vor uns hin. Wenn es einen Gott gäbe, dann wäre er/sie wohl eindeutig dem rechten politischen Spektrum zuzuordnen und somit abzulehnen, weil seine oder ihre Opfer in den meisten Fällen ja doch Minderheiten waren, dachten wir. Und weil Gott die Kategorie *Minderheit* überhaupt erst ins Spiel gebracht habe, erst durch sein/ihr Auftreten, welches wir ignorierten, wären Minderheiten möglich gemacht worden, somit leugneten wir ihn/sie konsequent.

Natürlich ließen da die Holprigkeiten nicht lange auf sich warten, denn so bekamen wir einige Probleme, die im Reliunterricht anfingen und bei der Konfirmation noch lange nicht aufhörten. Gott: Ein von der Himmelsdecke herabhängender Po einer toten großen Maus, dachte Artaud, schrieb Deleuze, wiederholte der Lukacs dann im Unterricht und bekam prompt einen Tadel.

Unsere Relilehrerin, die Frau Schalkhenne, war eine echte Hexe und somit garantiert keine Heilige, eine Heilige konnte sie nicht sein, schon ihre knödelnde, calvinistische Redeweise sorgte dafür, dass diese These nur unter der Bezeichnung *hanebüchen* zu subsumieren war. Die überhäufte uns mit Gebeten und redete den ganzen Tag von nichts anderem als dem lieben Gott. Gott hier, Gott da, Gott tralala. Gott hat die Challenger abgeschossen, weil der nicht will, dass der Mensch fliegt und schon gar nicht in den Weltraum, nachher fliegt der noch gegen Gott, der Mensch. Gott bewahre.

Die und der Friederich, das waren echte Witzfiguren für uns. Vor allem der Friederich, wie der immer herumrhabarberte mit seinem Nicht-Wissen, das der zweifellos hatte, wie ein dussliger Zirkuskasper. Der hatte keine Ahnung, aber davon eine ganze Menge! Dem wollte man nur noch einen Sack Kartoffeln über die Rübe ziehen, zumindest der dicke Lars, der Lukacs und ich.

Die Schalkhenne hatte immer kletschiges Haar und eine Stimme wie ein jahrelang nicht mehr geöltes Gartentor. So quietschte die. Das Öl hat sie sich wohl immer in die Haare geschmiert, statt mal das Tor damit zu ölen, schmunzelten wir hinterrücks und verschluckten uns fast an unseren Lakritzen. Manchmal waren wir eben auch Spötter. Den Friederich beschimpften wir dann gleich noch mit, wegen seiner ständigen nervtötenden Eseleien. »Semi-professorale Wiederkäuer«, seufzte der Lukacs dann mit Blick auf die beiden und der Lars und ich nickten nur zustimmend und hielten uns solidarisch fest an den Pfötchen.

Vielleicht erweckt das jetzt den Eindruck, dass die Böswilligkeit auch zu unseren Tugenden gehörte, damals in der Postmoderne, wo den Menschen alles erlaubt sein sollte. Aber ich glaube, im Prinzip waren wir wirklich nur um Niedlichkeit bemüht, und die, denen wir insgeheim mit Worten zusetzten, hatten es letztendlich auch irgendwie verdient. Schließlich setzten die uns ja auch zu, und das nicht nur mit Worten, sondern sogar mit Taten obendrauf.

Ansonsten gab es bis dahin nicht viel Aufregendes zu erleben in unserem Örtchen und hätten wir unsere Worte nicht gehabt, so wäre uns, glaube ich, ziemlich langweilig gewesen.

Aber es gab da noch ein Mädchen, um das wir immer warben und das war wohl die Lisa. In jede Geschichte gehört nun mal ein Mädchen, um das sich die darin tummelnden Burschen der Liebe wegen gegenseitig ein bisschen beschmutzen und raufen und in unserem Dorfe hieß dieses Phänomen schlichtweg Lisa. Die Lisa war ein unglaublich großes und sportliches Mädchen, und der ihren Eltern gehörte die örtliche Hühnerfarm, so dass wir unsere Schulausflüge immer mit dem Endziel der Hühnerfarm ausrichteten, wo wir dann stundenlang saßen, bei Orangensaft und unendlich vielen Hühnern.

Viele aus unserer Klasse aßen sogar welche davon, was dem dicken Lars, dem Lukacs und mir immer aufstieß, weil wir doch nicht die selben Hühner essen konnten, die uns da mit freudigem Gegacker noch kurz zuvor begrüßt hatten. Die Hühner mochten uns, glaube ich, sehr, das spürte man. Die kamen immer sofort angeflattert. Wir teilten ja auch gewissermaßen dasselbe Schicksal. Ständig wurden wir gerupft. So fühlten wir jedes mal auch einen stechenden Schmerz in der eigenen Brust, wenn unsere Kameraden mit ihren fettigen Fingern mal wieder in dem gebratenen Fleisch herumgruben, das ihnen da kredenzt wurde und mit den Zähnen die Keulen nur so auseinander fetzten.

Die Lisa hatte kurzes, kastanienfarbenes Haar, einen knöchernen Körper und bildete sich absolut nichts ein auf ihre Burschikosität, zumindest am Anfang nicht. Sie hatte etwas von einer anorektischen Gazelle und konnte sehr schnell rennen, mindestens dreimal so schnell wie wir.

Auf dem Schulhof spielten wir vor dem Unterricht und in den großen Pausen meistens Kannibalen-Fangen. Wer gerade dran war und wen gefangen hatte, der durfte den dann fressen. Insgeheim hofften wir natürlich alle, von der Lisa gefressen zu werden, einerseits aus erotischen Gründen, andererseits war das aber auch so etwas wie unsere Opfergabe, wegen der Hühner, die auf Lisas Eltern ihrer Farm ständig gefressen wurden. Somit konnten wir wenigstens einen Bruchteil dessen kompensieren, was unsere Schulkameraden zuvor mit ihrer Hühnergier angerichtet hatten.

Wir dachten, wenn einer von uns gefressen wird, dann haben zumindest fünf Hühner vorübergehend ihren seelischen Frieden, weil es immer hieß, für einen von uns fünf Hühner. Zumindest auf unseren Ausflügen ging das so, da bestellten alle gleich fünf Hühner, die konnten ihren Schlund gar nicht voll genug kriegen.

Da die Lisa so schnell war, fing sie uns natürlich immer, besonders den dicken Lars und den schildkrötengleichen Lukacs, und ich glaube, das war auch ein Zusammenwirken zweier Komponenten, einerseits der unendlichen Trägheit der beiden, andererseits ließen sie sich natürlich auch immer wieder gerne von der Lisa fangen, das war dann der so genannte sexuelle Faktor. »Sic!«, schrien sie dann vergnügt über den ganzen Hof und boten sich ihr gockelgleich mit scharrenden Füßen an. Fressen wollte die Lisa aber meist nur den sportlichen, geraden Nils mit den blonden, kurzen Haaren und sie fing dann immer mit seinem Mund an. Sie fraß zuerst den Mund! Das fanden wir komisch und dachten, wenn die bei den Hühnern auch immer zuerst den Schnabel frisst, dann aber Nacht Mattes.

2.

Lars' sexuelle Erfahrungen waren im Endeffekt wohl eher autoerotischer Natur. Aus irgendwelchen Gründen hatte er es sich angewöhnt, nachts einen Haufen in sein Bett zu machen. Das war seine Hinterlassenschaft für das Bett – ein riesengroßer Haufen! Seine Mutter tanzte jeden Morgen wie ein Mod auf einer Handvoll Amphetaminen vor Larsens Bett, weil sie den ganzen Mist ja wieder sauber machen musste. Der Vater zog dann den mit Exkrementen behangenen Lars an den Ohren kreuz und quer durch die Badewanne, nach vorne und wieder zurück. Mitsamt seinem Schlafanzug wurde der Lars so gesäubert, er stank auch wirklich bestialisch. Der Lars schob dann vor seiner Mutter die Schuld immer auf seine Stoffhasen (»Mama, der Mümmelmann hat wieder ins Bett gemacht!«) und erklärte uns, dass er mit dieser Zeremonie seine erogenen Zonen operationalisieren wolle.

Er hätte nämlich gelesen, dass sich all jene Körperöffnungen, aus denen er seine täglichen Ausscheidungen vornahm, also aus denen er harnte, pupte, ein Bäuerchen fabrizierte oder Popel zog, im Mannesalter zu erogenen Zonen verwandeln würden. Diesen Prozess werde man doch wohl irgendwie forcieren können! Also strapazierte er die erwähn-

ten Körperöffnungen wie ein Besessener auf Teufel komm raus, um das zu fühlen, was später angeblich einmal fühlbar wäre. Der äpfelte und popelte und pupte den ganzen Tag lang, dass einem wahrlich schwindelig werden konnte.
Der Lukacs und ich mussten Lars' »erogene Zonen« dann immer anfassen und streicheln, aber er merkte nie was. Auch wenn wir ihn zwickten oder dran zogen, dann blieb der Lars regungslos und freute sich nicht. »Noch nicht«, trösteten wir ihn dann und schwitzten weiterhin Blut und Wasser. Denn dem Lars sein Bedürfnis, angefasst zu werden, wuchs unaufhörlich, beinahe stündlich drehte eine unsichtbare Hand den Drangknopf beim Lars noch einmal eine Stufe weiter nach rechts. Man spürte förmlich, wie es in ihm innerlich brodelte. Wenn ich in der Schulstunde neben ihm saß, dann nahm der in den unpassendsten Momenten meine Hand und führte sie dorthin, wo ich sie nicht haben wollte. Er seufzte immer wie verzweifelt auf, von wegen irgendetwas müsse doch jetzt langsam mal passieren.
Wenn man dann mal den eigenen Argwohn vor Lars Bedürfnisse stellte, also einen Keil zwischen Lars' erogene Zonen und sich selber trieb, dann reagierte der immer sehr unwirsch, da half dann auch nicht mehr, Migräne vorzutäuschen. Da wurde der manchmal ziemlich plump und gab zum Beispiel vor, er hätte doch heute morgen ein sehr verdächtiges Muttermal in Höhe seiner beiden Brötchen entdeckt und ob ich doch nicht mal schnell eben … – aber im selben Moment war ich dann schon wieder bei der großen Schuleiche, und zwar ganz oben drauf!
Also harnte und groß machte der Lars auch weiterhin wie ein Inkontinenter und mit den Nebenwirkungen mussten

der Lukacs und ich schon irgendwie fertig werden. Er sah das Ganze auch als eine Art von unbotmäßiger Auflehnung an, vor allem gegen seine dominanten Eltern. Ständig werde einem gesagt, nein, mach hier nicht hin, trenn dort den AA-Strom ab, Finger aus der Nase weg.
Pustekuchen, er werde den Strom nicht mehr abklemmen, keine Einschnitte mehr vornehmen. Das Resultat wäre ein unendlicher Fluss von Materie, das müsse man sich mal überlegen und das barg doch eine Unmenge subversiven Potenzials!

Der Vater vom Lars war Chemiker in einer Chemiefabrik und kannte sich natürlich auch dementsprechend gut aus in seinem Metier. An manchen Tagen brachte er sogar die zuvor in der Firma fabrizierten Erzeugnisse mit nach Hause und stellte sie irgendwo hin, meistens unter das Bett, wo er dann schlief. Nach der Arbeit war der nämlich immer sehr müde und schlief erst einmal, nicht selten sogar bis zum nächsten Morgen durch. Dabei sägte der dann, als ob der nicht in einem Chemie-, sondern in einem Sägewerk arbeiten würde! Seine Klänge konnte man noch problemlos im gut fünfundsechzig Meter entfernten Cage deutlich vernehmen. Manchmal kam deswegen sogar die Polizei, weil die dachte, da würden illegale Schwarzarbeiter ein Haus neu bauen, so laut schnarchte der!
Das war dem Lars nicht so genehm, der hatte ja auch schon genug mit seinen erogenen Zonen zu kämpfen. Und das erklärte auch, warum der Lars so eine ungeheure Phobie vor staatlichen Repressalien hatte, weswegen er teilweise etwas hasenfüßig agierte, beinahe paralysiert, was unsere subver-

siven Aktivitäten nicht unwesentlich erschwerte. Denn an den Flüssigkeiten und Pulvern, die der Vater vom Lars immer so aus dem Chemiewerk mitbrachte, da hatten wir ein wie von Mutter Natur persönlich eingebläutes Interesse dran, wir betrachteten es geradezu als unsere Pflicht, ein naturgegebenes Interesse daran zu haben. Wenn der Vater nach Hause kam, dann standen wir drei Spalier und gaben vor, der Schularbeiten wegen kerzengerade im Eingang zu verharren und zu diskutieren. »Über die scholastische Multiplikation«, erklärten wir dann. Oder »über homoerotische Tendenzen im Werk Homers«. Dabei guckten wir uns wissend und verschwörerisch zugleich an. Lars Vater ahnte nichts. »Homoerotische Tendenzen beim Homer. Hmm hmm. Interessant«, brummte der dann und hoffte nur, dass seine absolute Ahnungslosigkeit bezüglich Homer weiterhin ein Geheimnis bleiben würde. Ein für uns offenes Geheimnis. Denn Lars' Vater war beileibe kein Intellektueller, das konnte man wahrlich nicht behaupten. Wir hofften nur, dass seine absolute Ahnungslosigkeit bezüglich unserer subversiven Tätigkeiten anhalten würde, denn es war schon ein ziemliches Vabanquespiel, das wir da betrieben. Sobald die Inbetriebnahme des Sägewerkes dann ihren Zenit erreicht hatte, schlichen wir uns auf Ringelstrümpfen in die Schlafkammer von Larsens Vater und sondierten, ob es dort etwas zu holen gebe. Wir mussten uns die kleinen Hände schon ziemlich fest auf die Ohren pressen, um dem Tinnitus immer wieder aufs Neue von der Schippe zu springen!

Und einmal, da landeten wir einen richtigen Treffer. Da hatte der Chemiker doch einen randvollen Bottich mit Buttersäure unter der Schnarchkiste liegen. Ich glaube, es war der Lukacs, der die gefährliche Fracht barg, wobei dem Lukacs auch die Furcht ins Gesicht geschrieben stand, zudem der – und das muss einfach mal so gesagt werden – in jeder Hinsicht ungemein tölpelhaft war, so dass hier mindestens ein vierfaches Vabanquespiel stattfand. Es waren nämlich vier Faktoren, die den Lukacs an einer geradlinigen Ausübung seiner Pflicht noch beinahe gehindert hätten, einerseits seine Furcht, dann diese schier beispiellose, ihm angeborene Langsamkeit, schließlich die hundertachtzig Dezibel von Schnarchsalat, die auf den armen Jung nur so einprasselten und am Schluss die ihm eigene, nahezu Inspektor Clouseau-hafte Schusseligkeit. An den Rändern schwappte die Buttersäure auch beinahe über, als Lukacs sie in seinen dürren Patschen hielt und ihm dabei auch fast noch die riesige Brille von der Nase geradewegs in den Bottich fiel. Es war ein Kampf auf Leben und Tod für ihn, weil er seinen Schildkrötenkopf ja auch immer nur sehr behäbig bewegte, und als die Brille anfing zu rutschen, da bewegte er ihn mal wieder viel zu behäbig, als dass sie schnurstracks wieder zurück auf ihren eigentlichen Platz, nämlich oben auf die Nase hätte rutschen können. So schwitzten wir und der Lukacs schwitzte gleich doppelt.

Als er dann nach gefühlten fünfunddreißig Stunden endlich die zwei Meter zu uns, zur Tür, zurückgelegt hatte, und dann schon wieder die Polizeisirenen vor der Haustür schallten, der gefühlten Schwarzarbeiter wegen, da hätten wir am liebsten unsere Köpfe unisono in den Bottich gesteckt. Wir wollten nur noch in dem Bottich versinken!

Der Lars sagte dann, dass wir jetzt schnell handeln müssten, den Bottich zurück, das ging nicht, wegen der Lukacs'schen

Fünfundreißig-Stunden-Woche, also bräuchten wir Plan B. Da nahmen wir einfach einen Filzstift und schrieben in großen schwarzen Lettern das Wort *Milch* auf den Bottich, so dass dieser den Anschein erweckte, ein durchschnittlich gut aussehender Milchbehälter zu sein, der da mitten in dem Haus von Larsens Eltern vor sich hin posierte.

Als die Polizei dann klingelte und Larsens Vater mal wieder aufstand, um das alte Missverständnis zu beseitigen, nein, hier werde nicht gebaut, ja, man werde auf der Hut sein vor Gastarbeitern, da entdeckte der natürlich auf dem Wege zurück in sein Schlafgemach im Flur eben jenen Bottich, welchen er doch eigentlich sicher verstaut unter seinem Bett vermutete: »Oh, die Milch ist ja schon da! Seid so gut und stellt sie doch schon mal in die Küche.« Der war ziemlich schlaftrunken und seine Pantoffeligkeit gab den guten Rest obendrauf.

In der Küche angekommen, flößten wir ganz vorsichtig etwas von der Buttersäure in unsere Brotdosen, wo am Morgen noch unser Schulbrot sich friedlich seinem Verzehr entgegensehnte, und füllten anschließend die Lücke, welche wir hinterlassen hatten, wieder auf. Und zwar nahmen wir hierfür einfach etwas verranzte, geschmolzene Butter und vermengten die mit ein bisschen harmloser Milchsäure, welche der Lars aus der Vorratskammer des Vaters entwendet hatte, gaben noch ein Etwas an gegärter Milch obendrauf und vermischten alles drei. Das kippten wir dann in den Bottich, der dadurch logischerweise wieder voll war. Das Resultat war verblüffend, der Bottich sah aus, als wäre seine Funktion als Buttersäurenträger niemals hinterfragt worden, als hätte dieser kurze Exkurs hin zum Milchgefäß und seine ca. einviertelige Entleerung nie stattgefunden. Das Wort Milch wurde weggewischt und der Bottich zurück unter das Bett in dem Schlafgemach verfrachtet, wobei sich diesmal der Lars dieser Aufgabe annahm und Lukacs' Zeit, die dieser gebraucht hatte, dabei deutlich unterbot.

Jetzt hatten wir jeder eine komplette Brotdose voll mit Buttersäure und schlenderten frohen Mutes wieder zu unserem konspirativen Treffpunkt, dem Cage.

Ein Plan musste nun her, wie wir dieses kostbare Gut, welches wir uns unter den allerhöchsten Kraftanstrengungen und mit dem größtmöglichen Maß an Sachverstand ergaunert hatten, denn nun sinnvoll und effizient einsetzen könnten. Da fiel dem Lukacs ein, dass an der Kreuzstraße eine recht große Schnellimbisskette Fuß gefasst hätte durch die Errichtung einer ihrer Filialen und die so genannte McDonaldisierung unserer Gesellschaft sei ihm doch schon lange ein Ärgernis und ein Dorn im Auge. Das Argument, ich glaube, der Lars brachte es hervor, wir träfen mit einer solchen Aktion nur den Franchise-Unternehmer, der ja garantiert an den neoliberalen Verbrechen des Mutterkonzerns keine Schuld hätte und wenn überhaupt, dann nur eine relativ geringe Mitschuld, weil der Franchise-Unternehmer auf der Anklageliste doch eher unter der Rubrik *Mitläufer* aufzuführen sei, wir somit unsere Opferrolle invertierten, was uns wiederum sprichwörtlich auf die Seite der Täter stellen würde, das zog bei dem Lukacs nicht ein bisschen und wurde sofort weggewischt.

Die Opfer des Mutterkonzerns, das seien eindeutig die Tiere und die nahezu versklavten, unter Hundsbedingungen arbeitenden Angestellten und überhaupt sei der Franchise-

Unternehmer eindeutig auf der Seite der Täter zu verorten, da er mit der Übernahme einer solchen Filiale die Direktiven des Mutterkonzerns vorbehaltlos befolge und unterstütze und überhaupt, er hätte ja auch einen anderen Beruf wählen können, zum Beispiel den des Rechtsanwalts.

So stritten und querelten der dicke Lars und der Lukacs, und nachdem der Lukacs dreimal die Argumente des Lars federleicht wie unter Zuhilfenahme einer rasch aufgezogenen Gummiwand abwehrte und ihm die seinen zeitlupengleich wie mit einem sehr langsamen Flitzebogen entgegenschleuderte, da beschlossen wir, *es* zu tun. Um den Lars vollends zu überzeugen und auf unsere Seite zu ziehen, bestachen wir ihn noch mit einem Schokoriegel, der es sich schon vor Tagen in Lukacs Gesäßtasche gemütlich gemacht hatte und dann war auch der allerletzte Rest von Widerstand beim Lars wie weggeblasen und er sank dahin, den Mund halbvoll und friedlich kauend.

In jener Nacht plagte uns alle drei ein furchtbarer Albtraum, wo wir vom Friederich gegängelt wurden, satte tausend Kalbsburger zu essen, ohne sie zwischendurch kauen zu dürfen, also sie schlichtweg zu schlucken und danach eine Stunde aus dem Fenster zu schauen, ohne an irgendetwas zu denken, und dieser Traum bestärkte uns noch einmal in unserem Vorhaben und ließ uns mit einem leichten Drang, mal etwas Radikales zu tun, aufwachen.

Als der Lars Punkt dreiviertel Acht auf meiner Matte stand, da lag ein Hauch von Nervosität in der Luft, der von uns beiden gespeist wurde, gleichzeitig aber auch etwas, von dem man sagen könnte, es erinnere entfernt an Entschlossenheit.

Das Brot, welches meine Mutter mir zusteckte und das mit einer Scheibe Weichkäse und einem hellgrünen, beinahe welkem Salatblatt garniert war, ließ ich unauffällig in der Seitentasche meines Tonis verschwinden, statt es, wie man hätte annehmen können, in der Brotdose zu verstauen. Denn dann hätte es ein überraschendes und schnelles Ende genommen mit dem Brot, das Brot wäre wohl mit fünfundneunzigprozentiger Sicherheit von uns gegangen, bevor es auch nur eine Minimalchance erfahren hätte, von mir oder der Lisa, der ich mein Brot gerne in der Pause überließ, verdrückt zu werden. So ließ ich es gar nicht erst auf den ungleichen Kampf Brot–Buttersäure ankommen und versteckte beides in sicherem Abstand zueinander.

Wir waren sehr schweigsam an jenem Morgen und wechselten vielleicht drei, vier Sätze, deren Inhalt wohl auch eher der Rubrik »Belanglos« zuzuordnen war. Als wir unterwegs noch den Lukacs einfingen, da nickte der nur ein leise gehauchtes »Guten Morgen« zu uns hinüber, wobei ihm schon fast wieder die Brille von der Nase gerutscht wäre, deren Fliehkräften er einfach nicht gewachsen war.

Wir passierten den Dorfweiher, der wegen seiner grotesken zackenartigen Form und dem unverwechselbaren Gestank, der immer aus ihm empor strömte, schon eine schier Furcht einflößende Wirkung hinterließ, und in unserem Ort ging auch das Gerücht umher, dass hier zu Zeiten der Hexenverbrennungen die sterblichen Überreste der verkohlten Magierinnen, welche der Maulhurerei der damaligen Bewohner zum Opfer gefallen waren, ihre letzte Unruhe gefunden hatten.

Im Winter, wenn die Seen gefroren waren und uns der Ruf

der Kufen lockte, dann hieß es immer, geht überall Schlittschuh laufen, nur nicht auf dem Hexenweiher, denn dort sei schon so manches Steißbein in die Brüche gegangen und das sei garantiert nicht auf die Grobmotorik der Eisläufer zurückzuführen. »Wo sollen wir denn sonst fahren, auf der Einkaufsstraße?«, fragten wir dann zurück und bekamen als Antwort mal wieder drei Watschen, Widerworte standen nämlich nicht auf der Tagesordnung. Das war das Schlimme an unserem Örtchen, die Leute gingen immer noch von der Unschuld des Menschen aus, sämtliche Missstände wurden aus dem Rahmen menschlicher Verantwortlichkeit gerückt und somit transzendiert. »Dieser Weiher ist doch absurd«, rief der Lars an jenem Morgen und wir anderen sagten nichts, denn noch nicht einmal diese ekstatische Naturnähe konnte unsere Gespanntheit lösen.

Die Stunden in der Schule zogen sich wie Kaugummi dahin. In Reli besprachen wir das Thema Moral und die Schalkhenne ergänzte in der anschließenden Diskussion, das Handeln des Menschen müsse immer vor Gott zu rechtfertigen sein und gleichfalls dem Allgemeinwohl dienen, die individuellen Interessen seien jeweils den kollektiven unterzuordnen, ansonsten gerate man in ein Meer von Irrtümern und den kollektiven Interessen werde der Boden unter den Füßen weggezogen und dann nahe wohlgemerkt das Armageddon; Wörter wie Verantwortbarkeit hallten durch uns hindurch und an uns vorbei, selbst der ansonsten rhetorisch unschlagbare Lukacs wirkte wie ein phlegmatisches Reptil, das sich nur noch in seinen Panzer zurückzog, sein Kopf ruhte auf dem Pult und war ihm schwer. Als Punkt Eins die

Schulglocke ihren Aggressionen freien Lauf ließ, in ihrer Funktion als Aggressor vollends aufging, deren lauter Widerhall ansonsten für uns eigentlich dem Ruf der Freiheit gleichkam, da traten wir hinaus auf den Hof und waren Gefangene, denn es war klar, dass ein Verzicht auf Handeln uns für immer der Lächerlichkeit und Inkonsequenz preisgeben würde, wir wären ebenso inkonsequent und lächerlich wie der Gott, den wir leugneten, und das war in unserem Katechismus die erste Todsünde.

Wir schlugen nicht den direkten Weg Richtung Kreuzstraße ein, sondern nahmen einen kleinen Umweg in Kauf, schlenderten an der Mühle vorbei und schlichen uns über den kleinen Dorfhügel von hinten an das Einkaufs- und Finanzviertel unseres Örtchens heran, wo die berüchtigte Kreuzstraße gelegen war und der Triumphzug des Monetarismus jeden Tag aufs Neue defilierte. In dieser Meile tanzte das Kapital sehr exaltiert, wie auf einer wilden Party mit ganz vielen Uppern, die D-Markscheine schossen hier nur so über die Ladentheken, plusterten sich auf, rasten herum und brüsteten sich mit dem Aufdruck, der ihren Wert angab und den Kapitalismus untermauern sollte.
Am Ende der Kreuzstraße, gleich hinter dem Tante-Emma-Laden, wo wir unsere Trinkpäckchen und Lakritze kauften, da ragte er empor. *Er* überragte alles. Wie ein dickhodiger Minotaurus mit knallroten Augen, der alles verschlingen würde. Allem, was uns heilig war, würde hier der Garaus gemacht werden, so viel war klar. Aus seinem Schlot dampfte der Rauch nur so heraus und verzog sich in der Luft, es war der Rauch von gegrilltem Fleisch. Hackfleischgestank drang

von allen Seiten in unsere Putzenäschen hinein und das Geschrei von tausend drolligen Kälbern ging jedem, der ein Herz besaß, durch Mark und Bein. Unsere Gesichter wurden fahl und wir erzitterten bei jedem einzelnen Schrei, Lukacs Brille beschlug so sehr, dass seine vorübergehende Blindheit ihn stolpern ließ und er schnitt sich an der Kante des Bürgersteigs mit einem Ratsch die Hose und die Knie gleich mit auf. Er weinte wie ein kleines Kind und der dicke Lars musste ihn mit seinem Busen trösten, muttergleich nahm er den Lukacs in die starken Arme und streichelte ihm übers Haar, welches nur mehr wirr in sein Gesicht hinein hing. Tränen hinterließen ihre Spuren an des Larsens Polohemd, durch die Nässe stachen seine Brustwarzen noch deutlicher hervor, wie zwei kleine Speere, die den Lukacs beschützen wollten.

Alles würde gut werden, flüsterte der Lars, wir würden diesem Monstrum eine Nachricht von der Nemesis überreichen, die sich gewaschen hätte und die dieses Monster waschen würde, und kurzzeitig huschte ihm noch ein Lächeln übers Gesicht, ob des Wortspiels, welches ihm hier gelungen war und das die Situation doch so treffend umschrieb.

Wir rechneten, dass wenn die Lisa uns fraß und damit fünf Hühner ihren Frieden hätten, sie uns für die Gräueltaten, die hier tagein tagaus stattfanden, mindestens pro große Pause hundertfach fressen müsste, um ein Maß an Gerechtigkeit zu schaffen, welches uns ruhig schlafen ließe. Sie müsste uns wohl abnagen bis auf die Knochen und selbst unsere Knochen, die müsste sie noch fressen, um auch nur einen Bruchteil der hier geschlachteten Kälber in den verdienten Garten Eden zu entlassen. Dies sollte unser Verhalten rechtfertigen.

Meine Aufgabe war es, den Wachmann am Eingang abzulenken, so hatte es der Lukacs vorher ausgemacht, zusammen mit dem Lars, während die beiden den Schornstein mit der Brotdose schön grüßen würden, wobei fraglich wäre, ob der Schornstein diesen Gruß wohl gesonnen erwiderte, seinen Hut lüftete er wohl nicht, eher würde er vor Ärger dampfen, hofften wir.
Also spazierte ich schnurstracks auf den Wachmann zu, entschlossen, ihn zu blenden. Grüß Gott, wie das Wachmanngeschäft denn so laufe, und ob der sagenumwobene Clown mit den roten Haaren hier auch arbeite, den kenne man ja aus Funk und Fern und von diversen Geburtstagen, und der hätte schließlich immer einen flotten Spruch auf den Lippen, welcher einen förmlich unter den Tisch zöge vor lauter Lachen. Währenddessen kletterten der Lukacs und der dicke Lars an der Leiter, die eigentlich für die Feuerwehrmänner und -frauen im Falle eines Brandes gedacht war, hinauf auf das Dach, wobei die Leiter unter dem Gewicht des Lars schon sehr litt. Man meinte, ein Ächzen zu vernehmen, wenn es denn nicht von dem Geschrei der Kälber übertüncht worden wäre, so dass einem die Leiter schon wieder ein klein bisschen weniger leid tat, sie war ja schließlich ein integraler Part dieses Ganzen und musste, ebenso wie der phallische Schornstein, der gleich ein ordentliches Ejakulat aus Buttersäure zu schlucken hätte, die entsprechenden Konsequenzen tragen.
Der Wachmann wusste wirklich nicht viel zu sagen, Wortfetzen sabberte er aus seinem Mund, viel Brauchbares war nicht darunter, die seinen Lippen entgleitenden Laute erinnerten entfernt an Kurt Schwitters Ursonate, vielleicht

schimpfte er mich aber auch einfach nur aus, viel Genaueres weiß ich nicht mehr, der Clown wurde jedenfalls verleugnet, als wäre der ein Trugbild, existent nur in den Köpfen von ein paar kleinen Kindern und somit des Handelns nicht befugt. Es war ein wahrer Reigen an Vokalen, den ich über mich ergehen lassen musste. Meine Aufregung ließ mich eh nicht zuhören, ständig hatte ich ein Auge auf das Dach gerichtet, wo der Lukacs und der Lars mittlerweile angekommen waren und sich an ihren Ranzen zu schaffen machten. Ich müsse dann auch mal wieder weiter, rief ich dem Wachmann noch zu und schlich um die Ecke, wo wir einen Treffpunkt in dem dort angelegten Gestrüpp ausgemacht hatten.

Plötzlich fand eine Verschiebung statt: Das Geschrei der Kälber wurde verschoben, stattdessen schrie es auf einmal aus dem Interieur des Restaurants heraus, das ansonsten übliche animalische Geschrei wirkte auf einmal gar menschlich, denn es kam aus den Mündern von tausend Angestellten, die in dem Restaurant ihren Dienst verrichteten und der Schreck stand ihnen in den Schrei geschrieben, peitschte den Schrei noch mal ordentlich an. Wie Fallobst plumpsten der Lukacs und der dicke Lars zugleich neben mir in das Gestrüpp, welches den Sturz des Lukacs etwas mehr, den des Lars etwas weniger abfederte und wir rannten drauf los, als hätte uns ein geisteskrankes Pferd in den Arsch gebissen.

Wir rannten wie wir noch nie in unserem Leben gerannt sind, noch nicht einmal bei den Bundesjugendspielen, glaube ich. Erst viele hundert Meter weiter stoppten wir, nicht ohne zwischendurch einmal ganz kurz pausiert zu haben, da musste der Lars vor lauter Erschöpfung ein kleines Bäuerchen machen, welches sich schließlich großmütig über den halben Rinnstein ergoss, die Blicke der vorbeiflanierenden Philister waren missbilligend und der Gestank ekelerregend, wir entfernten uns so schnell wir konnten. Atementleert und beinahe ohnmächtig erreichten wir den Cage, wo wir uns in der Mitte des Areals hinfläzten und mausetot stellten.

Das war bis dahin das Größte, was wir in unserem noch jungen Leben erreicht hatten, wir hatten ein Ding gedreht, das größer war als Gott. Wir hatten dem Dorf einen riesengroßen Mittelfinger mitten in seine Straßen hineingezeichnet! Einen Nachteil hatte die Sache nur, und zwar das Ärgernis, nicht mit unserem Coup angeben zu dürfen, denn wir schworen an jenem Tag, niemals irgendwem diese Geschichte weiter zu erzählen, und sollte auch nur einer von uns diesen Pakt irgendwann brechen, so würden ihn die anderen beiden totschießen, und zwar auf der Stelle.

Aus der Zeitung erfuhren wir dann von den Ausmaßen unseres Anschlags, der Laden war vollends dicht, ganze zwei Wochen lang, verletzt wurde niemand, nicht ein Clown bekam einen Spritzer ab. Das war natürlich das Thema Nummer Eins bei uns im Örtchen, die Leute redeten von nichts anderem mehr und wenn unsere Ohren im Vorbeigehen ein Gespräch streiften, das den Buttersäureanschlag besprach, dann setzten wir nicht einmal ein hinterlistiges Grinsen auf, vor lauter Angst, entdeckt oder belangt zu werden. Wir schwiegen dazu nur und unser Gewissen war so rein wie das eines jungen Bräutigams kurz vor seiner Defloration, wir hatten das Leben von mindestens tausend Kälbern gerettet, so dachten wir. Aber keine Medaille, nicht einmal eine Urkunde oder einen Kuchen überreichte uns der Bürgermeister für diese Tat, stattdessen stand in den Zeitungen irgendwas von wegen »Feiger Überfall mit terroristischem Antlitz« und »Gaddafi schlägt im Herzen Europas zu!«. Wir trösteten uns mit drei Gallonen Spaghettieis, jeder von uns erhielt eine halbe, der Lars gleich zwei, die er gierig in sich hineinstopfte.

Von nun an würde unser Leben bestimmt sein von hehren Zielen, überlegten wir, die Grundschule war von diesem Tage an eine abstrakte Witzinstitution, unsere Aufenthalte dort beschränkten sich auf das Wesentliche, der Schulpflicht halber tauchten wir da noch auf, im Geiste waren wir aber an völlig anderen Orten. Unsere Noten sanken weiterhin stetig bergab und die Essays, welche wir dem Friederich vorlegten, bekamen einen ziemlich surrealen, verspielten Touch, die Inspirationen hierfür zogen wir nun ausschließlich aus unseren Träumen von der Welt, welche wir nicht kannten. Wir hatten einen Status sozialer Ausgegrenztheit erreicht, der dem eines autistischen Berglöwen gleichkam. Wir waren komplett raus. Gefühlte Soziopathen.
Die anderen Schüler würdigten uns keines Blickes mehr, so als ob die was ahnten, selbst die Knochen-Lisa, bis dahin zumindest eine Verbündete im Geiste, kapselte sich zunehmend von uns ab. Wenn ich ihr in der Pause mein Brot anbot, dann rannten ihre braunen Augen schon mal davon. Kurze Zeit später folgte ihr anorektischer Körper nach.
Die Themen und Aufgaben aus der Schule waren uns zu abgestanden und reaktionär, wir beschäftigten uns nur auf das

absolut Nötigste mit ihnen, stattdessen lasen wir den Moby Dick und andere Bücher, in denen es um die Weite und die Ferne ging, wahre Meisterwerke, welche die Schwermut in uns brodeln ließen – Bücher, in denen es um ein Leben ging, das uns keiner der Lehrer bieten konnte, noch nicht einmal ansatzweise. So wuchs in uns die Sehnsucht wie ein würziger Hefeteig in einem warmen Steinofen, und wir hofften, dass das Leben uns eines Tages ebenso sehr erwärmen würde.

Da wir wie eine Wildsau im düsteren Forst in die Delinquenzfalle getappt waren, denn unsere Kalbsrettung wurde in den einschlägigen Medien schlichtweg kriminalisiert, ohne dass deren ethischer Mehrwert auch nur den Hauch einer Erwähnung gefunden hätte, mussten wir nun unsere Existenz verhüllen, am Besten mit einer Art verzaubertem Mantel. Wir mussten eine *Unsichtbarwerdung* unserer Personen betreiben, unsere Erscheinung sollte Ähnlichkeit mit einem Luftloch aufweisen, das ein Nichts hinterließ in den Köpfen unserer Beobachter. Wir durften auf Teufel komm raus keinen bleibenden Eindruck hinterlassen.

Vielleicht gaukelten wir uns da auch einfach nur was vor, denn aus der Retrospektive heraus betrachtet glaube ich nun wirklich nicht, dass wir jemals bei irgendwem einen bleibenden Eindruck hinterlassen hätten, noch nicht einmal unsere Schrägheit tauchte uns dauerhaft in gleißendes Licht, denn für die meisten unserer Mitmenschen war Schrägheit unter Achtjährigen schlichtweg eine Chimäre, sie betrachteten es als ein nicht vorhandenes Phänomen, das vielleicht in Mexico, garantiert aber nicht hier, in *unserem Dorf* existierte. Achtjährige, das waren für die meisten

Erwachsenen bei uns eh nur amorphe Massen von vierzig Kilogramm Fleisch, beim Lars vielleicht das Anderthalbfache, und je nach Gusto wurde da einfach mal eine Portion Geschlecht hineingelegt, männlich oder weiblich, am besten noch aufgeteilt nach dem fifty-fifty Prinzip. Nur unserer Sprache wegen, da fielen wir wohl für gewöhnlich aus der Rolle, denn unser Schwelgen sorgte schon für so manche Wirrnisse und hob uns aus dem Massensegment ein bisschen heraus. Also flüsterten wir nur noch, was dem Lukacs verständlicherweise relativ leicht fiel, dem Lars hingegen war es eine unglaubliche Last, denn er hatte ein sehr brummendes Organ, wie ein auspuffbehinderter Lastwagen, deswegen musste er sich schon sehr am Riemen reißen, um wirklich dauerhaft und kontinuierlich zu flüstern. Wenn Lars' Äußerungen mal wieder den Rahmen des tolerierbaren Geräuschpegels verlassen hatten, dann patschten der Lukacs und ich mit unseren Händchen gleich auf des Larsens dicke Schnute und hielten sie sekundenlang feste zu, somit hatte der Lars dann wieder erreicht, was er erreichen wollte, nämlich die kurzzeitige Stimulierung einer seiner »erogenen Zonen«.

Wir wechselten unsere Routen beständig, um ja keine Spuren zu hinterlassen. Eine verzauberten Mantel besaßen wir nicht, also mussten wir selber zaubern. Es gab sieben Wege von unserem Haus zur städtischen Grundschule, an jedem Tag nahmen wir fortan einen anderen. Wäre uns ein Wollknäuel gefolgt, so wäre am Ende der Woche das Wollknäuel ziemlich ausgepowert und am Ende gewesen, so sehr mäanderten wir. Nur am vierten Tage, da nahmen wir noch den kürzesten Weg zur Schule, eine bumsgerade Linie.

Am zweiten Tag durchwanderten wir einen fast hufeisenförmigen Bogen und nahmen dafür einen ziemlichen Umweg in Kauf. Und einmal, da erzeugten wir, glaube ich, sogar einen lupenreinen Kreis. So schlichen wir also fleißig umher und deterritorialisierten uns wie in einem amerikanischen Roman. Einem Architekten gleich zeichneten wir in das Dorf, wobei am Ende des Tages die Spuren schon wieder völlig verwischt waren, am nächsten Tag ging es von Neuem los mit einer neuen Zeichnung. Wir fühlten uns wie ein lebendiges Kunstwerk von einem trunkenjauchzenden Künstler, unsere Kunst, uns zu verhüllen und treiben zu lassen, kam der Perfektion bedrohlich nahe. So waren wir ein Kunstwerk im aktiven und im passiven Sinne, da einerseits der Urheber des Kunstwerkes im Endeffekt das Dorf war, welches wir vollends ausschöpften, andererseits gaben wir ihm mit dem Einschlagen von Routen aber noch eine persönliche Note. Ein Kunstwerk ohne jede Hierarchie, mit dem zusammen wir einen unendlichen Deterritorialisierungsblock bildeten. Wir wurden regelrecht flüssig, verschwanden, wurden eins mit unserem Werk, der Straße und den Schleichwegen. Für das Subjekt hatten wir nur noch ein müdes Lächeln übrig, die endgültige Auflösung sollte es erfahren, dieses törichte Etwas, so fabulierte der Lukacs dann immer, und zack, da war es auch schon wieder weg! Wie ein Kondensstreifen am Himmel, der sich peu à peu verzieht. So ergab sich ein kosmischer Rausch, in dem der Lars gleichermaßen zum Lukacs wurde, wie der Lukacs sich in dem Lars deterritorialisierte und ihn mit sich riss, ein einziges Werden, in dem Lars, Lukacs und ich ununterscheidbar waren, alles wucherte, wir verschmolzen mit dem

Nichts, produzierten uns und waren eben so schnell wieder verschwunden wie wir uns gerade noch eben produziert hatten. Innerhalb kürzester Zeit wurde ich Tanne, Lars, Hase, Straße, Schuh, Käfer und Buch. Der Lukacs und ich genossen dieses Spiel sichtlich, mit Erde malten wir uns bald kriegerische Streifen auf die Wangen, wenn wir das Haus verließen, wir streichelten die Welt, wie wir uns gleichsam von der Welt streicheln ließen, schufen wahrhaftige Traumpfade. Wir verwehrten dem Dorf einfach den Zugriff auf uns, was, so dachten wir, blendend funktionierte, waren Zauberer, Künstler, Maler, Architekt und Tier, doch nicht mehr Grundschüler, niemals mehr, offiziös-offiziell vielleicht ja, aber gehirnintern hatten wir die Funktion Grundschüler gänzlich ausgeknipst. Unsere Sprache war ein Lallen, ein Fiepsen, ein Jauchzen, ein äffisches Kreischen, bald schon ein Singsang, ein Lied, in dem Harmonie und Disharmonie sich in einem exzentrischen Paartanz verfingen, einander umkreisten und ohne Vernunft rasten.

Aber auch in dem Lars raste es unaufhörlich. Er war psychisch gesehen der Labilste von uns und die Angst nagte an ihm wie ein Biber an einer Birkenrinde. So war es kein Wunder, dass er durch unsere zunehmend einer Extremsituation gleichkommenden Lage zu fünfundsiebzig Prozent paranoid wurde und ins Taumeln geriet. Der Lars taumelte, und, so viel sei schon mal vorweggenommen, er fiel auf harten Grund. Wo der Lukacs und ich im Taumeln nur noch das Ekstatisch-Zuckende sehen wollten, dessen umstürzlerisches Potenzial wir feierten wie das goldene Kalb, da plumpste der Lars einem seiner berühmten Häufchen gleich ins Weltklosett und wurde förmlich weggespült. Je mehr Routine in unsere Verflüchtigungen hineinkam, desto mehr Wahnvorstellungen pflanzten sich in des Larsens Gehirn hinein und fraßen sich dort fest. Der Lars hatte ja beinahe jeden Tag die Polizei vor der Haustür stehen, des vor sich hin sägenden Vaters wegen. Seine Exekutivenphobie war schlichtweg ungeheuerlich und beinahe unheilbar geworden. Man hätte ihn wohl bis an sein Lebensende therapieren müssen, damit der Lars beim Anblick einer autoritätsbehafteten Uniform nicht immer zitterte wie ein völlig neurotisches Kaninchen. Als wir eines morgens mal wieder eine andere Route einschlugen und auf einmal von hinten ein Straßenreinigungsfahrzeug der Stadt heranpreschte und seinen Dienst verrichtete, dabei die Fegbürsten an den Seiten ausfuhr und uns mit seinen Scheinwerfern nahezu blendete, da knipste in des Larsens Hirn ein Unbekannter mindestens dreiviertel aller Lämpchen aus, der bölgte auf einmal herum, als hätte er drei Stunden lang nichts gegessen und fuhr den Fahrer des Fahrzeugs nur so an: »Jetzt zeig mir endlich dein Gesicht, du kaputte Gans. Ich weiß, wer dich geschickt hat!« und flüchtete in den parallel zur Straße verlaufenden Graben hinein, wo er dann auch schon entschwunden war, erst zur großen Pause tauchte er in der Schule auf, schweißgebadet und riechend wie ein vergammeltes Stück Emmentaler, welches jemand achtlos irgendwo vergessen hatte.

Er wirkte apathisch und sprach kein Wort, in der Turnstunde spielten wir Völkerball und der Lars stand einfach nur da und die Bälle prasselten auf seinen Schädel und streiften die erogenen und die nicht-erogenen Zonen. Als die gemeinen

Klassenkameraden seine Schwäche witterten, warfen sie nur umso härter, der Lars sank nach einem erneuten, diesmal etwas festeren Kopfschuss zu Boden als sei er von einem Blitz niedergestreckt worden und delirierte dort vor sich hin. »Eins zwei Polizei …« Der Friederich versuchte ihn wieder aufzurichten, wobei Lars strenger Geruch ihn zaudern ließ. »… drei viern kein Gehirn …« Lars glitt zurück auf den Fußboden und verschränkte die Arme demonstrativ vor seiner Brust, wie ein katholischer Priester am Katheder produzierte er sich: »…sieben acht bin bloß erdacht…« Es half alles nichts mehr. Der Friederich musste Larsens Vater aus dem Chemiewerk herbeirufen, der ihn schließlich nach Hause brachte und auf sein Bett streckte. Satte drei Tage verbrachte der Lars dort regungslos und jeglicher Besuch, so hieß es, sei unerwünscht. Somit stand also der ultimativen Tollwerdung des Lars nichts mehr im Wege, was dem Lukacs und mir zunehmend Sorgenfalten ins Gesicht trieb. Es musste etwas passieren, so viel war klar. Unser Freund brauchte uns und wir, wir bräuchten einen Plan.

Etwas Beklemmendes lag in der Luft an jenen Tagen, es war, als hätte eine boshafte Wolke eine Unmenge an saurem Regen verloren, der die Angst und das Ungemach in sich barg und auf uns niederprasseln ließ. Für diese Jahreszeit war es ungewöhnlich kalt und diesig, die Mehrheit der Dorfbewohner schob das auf das Unglück in Tschernobyl und wunderte sich nicht, wir aber nahmen diese Rufe der Kassandra durchaus ernst. Unsere Eltern erlaubten uns nicht mehr, auf dem Cage zu spielen, da dieser garantiert mittlerweile radioaktiv verseucht sei, dieser Aschenbolzplatz ziehe die Radioaktivität ja förmlich an und der Regen dünge sie noch obendrauf, somit führten wir das triste Dasein eines Einsiedlerkrebses, alleine, manchmal zu zweit, in unseren Kinderzimmern. Wir erwärmten uns nur noch an den Geschichten, die wir uns immer gegenseitig vorlasen oder auswendig zitierten und flüchteten in regelrechte Paralleluniversen, unsere Alltagswelt erschien uns vollständig aufgelöst und wenn wir sie überhaupt noch wahrnahmen, dann als ein völlig absurdes Konstrukt.

Wir tauchten ein in die mediterrane Schattenwelt von Tanger, entstaubten imaginäre Wüsten in Kalifornien und lernten Klavier am Salzburger Konservatorium, das Zeit/Raum-Gefälle erschien uns wie eine Nebelwand an der Atlantikküste, die wir durchbrachen und die hinfällig war. Die Ästhetik der Kunst sollte die Bedeutungslosigkeit der Welt für uns völlig verklären. Die ideologischen Apparaturen Heim/Schule/Sportverein durchlebten ein Stadium kompletter Irrelevanz, wir gaben ihnen nicht viel Freiraum und degradierten sie zu Außenseitern in unserem Bewusstsein, so wie sie einst uns in die Außenseiterrolle gedrängt hatten mit ihren faschistoiden Strukturen. Einst steckten wir ein, jetzt teilten wir aus, wir teilten aus durch eine komplette Ignorierung all der Bretter, welche die Welt im Sinne unseres Örtchens bedeuteten, wir somit auch keine Täter, sondern vielmehr Ignoranten waren.

Die Genesung des Lars war ein langwieriger Prozess und gestaltete sich schwieriger als wir uns erhofft hatten. Sein Vater schickte ihn zwar wieder zur Schule, aber er war ein anderer Mensch geworden, vollständig reterritorialisiert, purer Ödipus. Er sprach wenig und er sprach leise, viel leiser als sonst. Das Funkeln in seinen Augen schien verschwunden, wir streichelten ihn mehr als jemals zuvor und er schien dennoch weniger zu fühlen. Auch das Häufchen machen hatte er sich kurzfristig abgewöhnt, sein Bettlaken war so sauber, dass man fast einen Pfannkuchen darauf hätte verputzen können. Auch hierfür hatte er wohl keine Kraft mehr. Dabei war die sorgsam verfochtene Genitalität doch so lange sein Markenzeichen gewesen.

Der Lars fand einfach nicht mehr statt. Sein einst von Gier und Lust zerrissenes Gesicht wirkte leblos und anämisch, der Körper, in dem sonst das Blut pulsierte wie ein Geysir an einem warmen Frühlingstag war nur noch eine amorphe Masse von sechzig Kilogramm Fleisch, eine Fassade, die unaufhörlich begann zu bröckeln. Somit hatte unser Dorf erreicht, was es erreichen wollte, es hatte den Lars gleichgeschaltet und das Leben nur so aus ihm gesogen. Ein Plan, ein Plan, der müsste her, einen Plan, tja, den bräuchten wir.

3.

Aber erst einmal mussten wir den Lars wieder herstellen. Der Latenz seiner Störung wegen bedurfte es hier einiger Finessen. Dem Lars hatte jemand einen Riegel vorgeschoben und zwar ganz fest und unbemerkt, wir mussten ihn nun wieder aufbiegen oder ihn zumindest recht schnell rosten lassen. Vertrauen galt es herzustellen und zwar in uns, den Lukacs und mich, von Seiten des Lars. Er wirkte leer, war ein unbeschriebenes Blatt Papier, welches nun wieder mit Inhalt gefüllt werden musste. Seit jeher plagte ihn eine ungeheure Angst, sich passiv zu unterwerfen, sei es unter seinen starken Vater, unter einen (symbolischen) Phallus, der hier überall lauerte, oder gar unter ein ganzes Dorf. Als dann noch der Lukacs ernsthaft von dem Lars erwartete, ein Daueropfer zu werden und damit die passive Unterwerfung auf die Spitze zu treiben, da fraß sich in des Larsens Unbewussten wohl etwas an. Der Ekstase, die unser Säureanschlag bewirkte, folgte eine erneute Phase vollständiger Passivität, so munkelte der Lukacs, und die hätte dem Lars dann wohl den Rest gegeben. Der Lars war von Natur aus ein sehr drängelnder und reibeisiger Mensch, vielleicht war die Passivität ja schlichtweg Gift für ihn. Wir beschlossen, ihm eine Fischpredigt zu halten.

Lars' Eltern waren abwesend als wir klingelten, er öffnete selbst die Türe, nur mit einem ausgewaschenen Marlene-Dietrich-T-Shirt und einer feingerippten Unterhose bekleidet, die nicht mehr als das Nötigste und noch nicht einmal das verdeckte, seine Knie waren schmutzig und ein Blutgerinnsel zirkulierte dort. Wortlos erhielten wir Einlass. Lars sah sich gerade einen Wildwestfilm im Fernsehen an, stumm nahmen wir auf dem Sofa Platz und beobachteten zusammen die in die unendliche Freiheit reitenden Cowboys und die kugeldurchsiebten Leichen der Indianer, die wie abgelutschte Briefmarken auf dem Boden der weiten staubigen Prärie klebten, nur mehr nutzlose leere Körper.
Es war klar, welche Seite dem Lars (und auch uns) als Identifikationsfläche dienen sollte, er erklärte uns kurz die Handlung, während auf dem Bildschirm mittlerweile schon der Abspann lief, der das vom Lars Gesagte wieder irrelevant erscheinen ließ. Denn der Film war aus und Lukacs und ich heuchelten noch nicht einmal Interesse, im Gegenteil, nach einem Wildwestfilm mussten wir uns den Schlafdreck meistens noch stundenlang aus den Augen pulen, so sehr ermattete uns dieses Genre. Unser Interesse bezüglich Wildwestfilm konnte man wohl am ehesten mit einer negativen Zahl umschreiben.
Wir schlurften in das Zimmer vom Lars, welches sein kleiner hyperaktiver Bruder gerade okkupiert hatte mitsamt seinen noch hyperaktiveren Freunden, die immer nur quatschten und Spaßkämpfchen machten. Einen Mist erzählten die! Stundenlang ein Austausch halbseidener Informationen und Nörgeleien. Nicht selten ging dabei ein Teil vom Lars zu Bruch. Manchmal spielten sie bewusst dem

Mümmelmann übel mit, sie wussten um Lars' heimliche Schwäche, sein linker Stofflöffel war nur noch ein Schatten seiner selbst, hing in einem völlig unnatürlichem Winkel vom Rest des Körpers ab, ein wahres Opfer sinnlosen infantilen Leichtsinns, dieses arme Stofftier. Die beiden Freunde warfen sich den Hasen einander zu als wir reinkamen, krakeelten, Lars' Bruder begrüßte mich mit einem großen Plastikfeuerwehrauto, welches meinem Kopf zu Schmerzen und einer kleinen Beule verhalf, denn es kam mir mit gut vierzig Stundenkilometern im Gepäck an den Kopf gedonnert. Der Lars wurde schließlich wütend, seine ganze Hasennatur raste urplötzlich aus ihm heraus, verband sich mit dem Mümmelmann, er fühlte den Schmerz auf dem eigenen Leib und brüllte die Jungs nur so aus dem Zimmer, draußen könnten sie von ihm aus weiterhin ihre meschuggen Gespräche führen! Sein Herz pochte sichtlich, vorsichtig strich er dem Mümmelmann über Bauch und Stirn, rückte die Löffel zurecht und setzte ihn behutsam auf seinen Platz links neben die Holzlokomotive, atmete einmal tief durch.

Wir waren also allein, von draußen flogen noch Gegenstände gegen die Türe und Schimpfwörter in den Raum. Dann herrschte Stille und der Lukacs und ich machten uns ans Werk.

Wie bereits angedeutet war der Lars wohl gebeutelt von einer Angst, sich anderen zu unterwerfen und konnte sich mit unserer Opferrolle nicht mehr vollständig identifizieren. Wir müssten ihm also entgegenkommen, ebenso wie er uns entgegenkommen musste. Der Lars sei gewissermaßen ein Zwitterwesen, ein Hermaphroditendasein führte er, schon jahrelang, redete der Lukacs beruhigend auf den Lars ein.

Er müsse nur die weibliche Seite wie auch die männliche zugunsten des realen Lars ein klein wenig zurückfahren. Der Lars sei ein noch nie da gewesenes Paradoxon, einerseits geplagt von einer unsäglichen Kastrationsangst, die sich zum Beispiel in seiner Exekutivenphobie äußere, auf der anderen Seite dränge in ihm aber auch ein vorläufig undurchsetzbarer Peniswunsch, der in der Ausarbeitung seiner erogenen Zonen gipfele, und hier könne er nun mal nicht mit der Tür ins Haus fallen. Nach einer jahrelangen Ödipalisierung, einer Vergrößerung des Ödipus ins Komische, Absurde, deren Krönung die nun eben symbolisch stattgefundene Kastration war, welche eine vollkommene Paralysierung des Lars erwirkte, müsse zwar langfristig wieder die entsprechende De-Kastration stattfinden (und hierfür seien seine Freunde ja nun mal da), aber er müsse den Penis zu Gunsten des Lars (und zu unseren Gunsten) für die nächste Zeit wohl oder übel aufgeben. Geduld wäre von Nöten. Erforderlich sei erst einmal eine Abkehr von dem ganzen verdammten ödipalen Dreieck (Vater-Mutter-Lars), welches den Lars plage, de facto sei eine Entfamiliarisierung des Lars unumgänglich, er müsse aus diesem ganzen Chemikermoloch herausgebracht werden, am besten aus dem ganzen Dorfe heraus, welches den Lars ein zweites Mal ödipalisiere, nur auf einer Makroebene. Er werde es schon sehen. *Eines morgens werde L. aufwachen und sich nicht mehr ödipalisiert fühlen!* Er werde eine Deterritorialisierung erleben, welche sich gewaschen hätte, die alles bisher Dagewesene, ja unsere gesamte Vorstellungskraft überstieg, die eine, die endgültige Deterritorialisierung/De-Kastration. Dann wäre der ganze Spuk vorbei. Endlich.

Lars saß einfach nur da und starrte auf seine karierten löchrigen Strümpfe, während der Lukacs monologisierte und nach jedem Satz vor Anstrengung seufzte und ächzte, denn es war ihm eine unglaubliche Last, mehrere Sätze auf einmal darzubieten. In letzter Zeit aber häuften sich Lukacs Reden, deren Länge 1 Satz + x war, weil in dieser Atmosphäre die Sachverhalte, welche einer ausführlichen Klärung bedurften, unaufhörlich wuchsen.
Lars wirkte, soweit man das beurteilen konnte, relativ einsichtig und auch etwas befreit, wir hatten Schlimmeres befürchtet, zum Beispiel Backpfeifen oder zumindest grobe Gesten. Aber er war körperlich noch nicht wieder ganz auf den Beinen und nickte nur stumm.
Na gut. Die Arbeit an seinem Penis werde er vorerst auf Eis legen, wenn es uns denn wirklich so wichtig und ihm hilfreich wäre. Ja, das wäre uns schon wichtig und ihm hilfreich, insistierte der Lukacs und wischte sich erleichtert etwas Schweiß von der Stirn, er hatte in Gedanken die Situation tausendfach durchgespielt und war auf alle möglichen Reaktionen gefasst gewesen, aber dass es so leicht werden würde, hätte er sich in seinen kühnsten Träumen nicht auszumalen gewagt. Lars schaute auf den mit Maiglöckchen verzierten blauen Teppichboden, die Füße gruben ziellos darin herum und seine Äuglein wurden etwas feucht, aber er schluckte alles tapfer hinunter. Er werde kämpfen, lächelte er gequält, wenn wir nur immer für ihn da wären. Ja, wir wären immer da. Das wären wir bestimmt, lieber Lars. So lange noch etwas Saft durch unsere kleinen Adern fließe, solange das Dorf uns den Verstand nicht komplett entnommen hätte, wären wir da und würden alles geben.

Wir bildeten einen Kreis und hielten uns ganz feste. Die Welt stand immer noch wie eine Phalanx gegen uns, bereit zum letzten Schlag auszuholen. Aber wir würden uns nicht klein kriegen lassen. Unser Kopf würde nicht auf immer und ewig gebeugt sein. Die Demut hätten wir auf alle Tage hin abgelegt. Unsere Sprache würde nun zu einem Handeln werden. Das Dorf sollte bloß vorsichtig sein.

Der Lars wurde zunehmend wieder der Lars an sich und auch seine Kräfte kehrten mehr und mehr in ihn zurück. Er wirkte aufgeräumter, ein bisschen wie früher, vor unserem Angriff auf die Brutstätte des Bösen. Wir wurden unvorsichtiger in unseren Routen und Verhüllungen, was dem Lars sehr entgegenkam, denn dieses Versteckspiel war er ja bekanntlich leid. Diese Freiheit barg allerdings auch ein gewisses, nicht zu unterschätzendes Risiko. Die Schnellimbissfiliale war gesäubert worden und schlachtete und verkaufte wie eh und je, das Attentat verschwand von den Titelseiten der örtlichen Presse weiter nach hinten, eine Beteiligung Gaddafis schloss man mittlerweile aus.
In der Schule sprach der Friederich das Thema zwar ab und an noch an, aber selbst der Lars wurde zunehmend ruhiger und schwitzte weniger und wir zuckten nicht mehr zusammen, wenn jemand Buttersäure erwähnte.
Lediglich die Lisa rieb sich wohl insgeheim die Hände, denn mit der Schnellimbisskette hatten wir die größte Konkurrenz ihrer Hühnerfarm vorübergehend ausgeschaltet, die Umsätze ihrer Eltern explodierten in diesen Wochen und die Lisa kam auch mit einem neuen, ebenholzfarbenen, weit ausgeschnittenen Pullover mit knallgelben Flugzeugen

drauf in die Schule stolziert, welchen ihr die Mutter während eines Einkaufsbummels im nahen Ausland großzügig hatte maßschneidern lassen. Der Pullover sei stromlinienförmig, prahlte die Lisa pausbäckig (sie hatte wohl noch ein Hähnchen im Mund?), und in der Tat rannte sie in der Pause noch ein klein wenig schneller als sonst, dabei rannte sie den Lukacs einmal so um, dass der auf den harten Betonboden stürzte und seine Brille sprang. Es täte ihr leid, sie hätte sich wohl verrannt, rief die Lisa und es war aus unerklärlichen Gründen das erste Mal seit Wochen, dass sie mit einem von uns sprach. Sie, die ein Symbol unendlicher Freiheit, welche wir so inbrünstig erstrebten, nun demonstrativ auf ihrem Pullover trug und den Lukacs damit in Grund und Boden rannte, welch Ironie barg doch diese Geste, herrjemine.

Der Hof wurde immer mehr zur No-Go-Area. Nicht nur, dass man dem Lars mal das Bein wegzog oder mit dem Finger auf uns zeigte und spöttelte. Die Spötteleien und schlechten Noten konnten wir noch verkraften. Wir waren ja eh schon immer eine einzige Zielscheibe gewesen. Aber die endgültige Demütigung hatte man sich scheinbar für den Schluss aufbewahrt. Eine gute Woche nach Lukacs Predigt luden uns die Acid-Füchse zum großen Tanz. Die Glocke schlug Eins, wir hatten den Hof schon fast verlassen, mal wieder einen Tag völliger geistiger Leere erduldet, als es hinterrücks elektrisch los brüllte, das Brüllen galt uns, sollte uns alleine schon in die Knie zwingen, es gab keinerlei Zweifel. Uns fröstelte, ein einziger Schauer machte sich breit, der den Lukacs, den Lars und auch mich gleichermaßen erfasste. Unsere Münder wurden staubtrocken. Der

Rene und seine androiden Fabelwesen, halb Mensch, halb Discokugel, standen im 4/4 Takt aneinandergereiht, bildeten einen Halbkreis, der uns bald umschloss, wir hatten nicht den Hauch einer Chance. Bisher hatte man es bei Schubsaktionen, Verbalattacken und kleineren Handgreiflichkeiten belassen, aber zunehmend wurde klar, dass das Dorf im Allgemeinen und die Acid-Füchse im Besonderen uns die eigene Auslöschung, ja, die vollständige Niederlage aufzwingen wollten. Die Walkie Talkies dicht an die Ohren gepresst, dem Nachbarn immer einen kleinen Tanzschritt voraus, so dass sich durch die damit verbundene Nachträglichkeit eine fast wellenartige Bewegungskonstellation ergab, warteten sie auf das Startsignal vom Rene, bereit, uns entschlossenen Schrittes völlig zu zertanzen. Unsere Körper würden pure Diskothek werden, eine gebührende Bühne für den leichtfüßig federnden Breakdance der Acid-Füchse, auf der gekonnte Backslides glühende Nadelsstiche und Airtwists Guillotinen wären. In den silberdunklen Brillen der martialischen Acid-Füchse spiegelten sich unsere aus Furcht fratzenhaft gewordenen Gesichter, die nunmehr aussahen, wie von Francis Bacon gemalt. Schon hatte man uns eingekreist, ein nur zu erahnender Rhythmus diktierte Arm- und Beinbewegungen der robotergleichen Kreaturen, die weißleuchtenden Hände ergingen sich in zuckenden Bewegungen, erzeugten ein Flimmern, in Stroboskoplicht gebadet tanzte man auf uns zu, brabbelte Unverständliches in die Funkgeräte, fiel über uns her, alles ward dunkel, ich kann mich wirklich an nichts mehr erinnern.

Ein warmnasses Gefühl auf der Gesichtshaut ließ mich allmählich wieder zu mir kommen, ich öffnete die Augen und blickte in ein Schaf, dessen Zunge mir zärtlich und hochkonzentriert die Wangen mit Speichel bestrich. Es leckte mit einer solchen Inbrunst als hätte es noch nie eine andere Leidenschaft gegeben im Leben dieses wollenen Tieres, liebevoll und animalisch, mit kreiselnden fordernden Bewegungen, es wusste genau, was es da tat. Auch der Lars und der Lukacs hatten ihre Gespielen gefunden, wir blickten an uns hinunter, gefesselt waren wir, im Schneidersitz an einen Baum inmitten der gutgedüngten Weide des Bauern und hatten obendrein das Interesse der gesamten grasenden Schafherde geweckt, welche uns eindringlich musterte und wohl in einer geheimen Abstimmung als beleckenswert eingestuft hatte. Hinten am Zaun stand die ganze Bande der Acid-Füchse und johlte wie am Spieß, feierlich wurde unsere Demütigung betanzt, während ein gutes Dutzend Schafe um uns herum blökte und sich als Zungenakrobaten gerieren durfte. Ein Wolf-Werden bräuchten wir jetzt, welches die Schafe verschreckte und die Acid-Füchse in Stücke riss. Verzweifelt blickte ich in die schamroten Gesichter meiner Freunde, aber nicht einer wurde Wolf, wir waren nur der dicke Lars, der Lukacs und ich, saßen an einen Baum gefesselt auf der Weide und wurden von Schafen liebkost, während ein ganzes Dorf sich dabei königlich amüsierte.

Die Schule war uns einfach nur noch eine Qual. Wir konnten weder den Friederich noch die Schalkhenne ertragen, noch weniger als jemals zuvor. Von den sonstigen Gefahren ganz zu schweigen. Die Geschichte mit den Schafen hatte sich in Windeseile herumgesprochen, der Schulhof war ein einziges Schmunzeln und alle Finger auf uns gerichtet, wenn wir über ihn flanierten. Wir fühlten uns wie ein riesengroßer Hintern, den die Schule mit einem Ledergürtel peitschen durfte in ihrer hochtrabenden Art. Sie erdrückte uns, schnürte uns die Kehle zu, wollte uns quetschen, leer saugen, erniedrigen, bespucken, kastrieren, fangen, einsperren und beißen. Wir mussten der Schule einen Riegel vorschieben. So viel war klar. Sonst würde sie uns noch windelweich prügeln. Und wir kämen niemals raus aus unserem Örtchen. Die Schule war der mitten im Garten verankerte Eisenhaken, an dem die Hundeleine befestigt war, welche uns um den Hals geschnallt wurde, so dass wir uns immer nur im Kreise bewegen konnten, in dem entsprechenden Radius des Eisenhakens, niemals aber über den Garten hinaus, niemals außerhalb des Kreises.

Wir kreisten um die Schule herum, schon satte zweieinhalb Jahre lang, seit unserer Einschulung. Der Haken musste raus, so viel stand fest! Zumindest musste er unbrauchbar gemacht werden. Als wir an jenem Nachmittag nach Hause wanderten, da machte des Larsens Gehirn einen Quantensprung. Er hätte sich eine Idee überlegt, welche prinzipiell wohl auch auf die Schule anwendbar wäre. Und zwar müsse man sie hierfür weder abbauen, noch sie zersägen. Es gehe doch erst einmal darum, die Schule zumindest provisorisch für ein paar Tage auszuhebeln. Um uns Luft zu verschaffen. Platz. Freiraum. Ferien. Hierfür sei nämlich ein Kunstgriff nötig. Ein Kunstgriff, wie ihn die Welt noch nicht erlebt habe. Dazu morgen mehr und schwupps, da war er auch schon wieder entschwunden.

So viel Energie hatte man beim Lars zuletzt am Tage des Buttersäureanschlags erlebt und der Lukacs und ich waren dementsprechend glücklich, den Lars wieder vollends zurückzuhaben und warteten gespannt auf morgen.

Am nächsten Tag beorderte er uns zum Cage, den wir streng genommen aufgrund des elterlichen Erlasses noch nicht betreten durften, eine Order, die wir aber nunmehr missachteten, in der Hoffnung, nicht bei dieser Grenzüberschreitung erwischt zu werden. Lars strahlte reaktorgleich. Die Idee sei ihm gekommen als seine Mutter zum Anlass des Geburtstages ihrer Schwiegermutter eine fein ornamentierte stolze Porzellangans von der Größe eines Fabergé-Eis stil- und kunstvoll und mit großem Aufwand in Geschenkpapier eingewickelt habe. Die Mutter sei ziemlich akribisch vorgegangen und hätte das Geschenkpapier *geschichtet.* Verschiedene Lagen sollten die Großmama staunen lassen über so viel Akkuratesse und Mühe, sie hätte schließlich einen runden Geburtstag zu feiern, und da käme man ja nicht mit einem alltäglich verpackten Geschenk um die Ecke gerauscht, sie werde jetzt erst einmal auspacken müssen und zwar nicht zu knapp. So stiege die Spannung nämlich ins Unermessliche, es gab da ja diese russischen Puppen, wo die Spannung ähnlich unermesslich sei. Zunächst einmal war die Porzellangans in einen winzig kleinen Pappkarton mit einer roten Schleife gesteckt worden. Hierauf fügte Lars' Mutter eine Schicht feinen braunen Seidenpapiers bei, welches erneut umwickelt wurde mit schnödem, bunt bemustertem Zellophanpapier. Das sei selbstverständlich ordentlich verklebt worden. Dieses Paket legte die Mutter vom Lars in eine breit ausgelegte, verschließbare Holzschachtel, welche erneut mit drei Lagen Geschenkpapier verpackt wurde. Um auf Nummer sicher zu gehen, umwickelte sie das Ganze noch mit einem guten Meter Plastikfolie und bearbeitete das fertige Paket minutenlang mit einem Tacker, so dass es garantiert nicht mehr aufgehen würde. Schließlich drückte man die Oma herzlich und ihr das Geschenk in die Hände, nicht ohne vorher ein Augenzwinkern und hysterisch-gackerndes Gekicher vom Stapel gelassen zu haben, die hätte jetzt ordentlich zu tun, triumphierend wurde sich schon mal zugeprostet.

»Auf und herzlichen Stützstrumpf!«, sie müsste sie nur noch auspacken, die Überraschung, lachte Lars' Mutter während sie die Schwiegermama herzlich drückte und ihr im Namen der Familie das Geschenk und einen schmatzenden Kuss überreichte. Die Oma verzweifelte vollends an dem Paket. Während die Familie sich bereits am Kaffeetisch breit gemacht und fleißig die Schwarzwälder Kirschtorte in sich hinein geschoben hätte, saß die arme Oma immer noch an dem Geschenktisch und versuchte, mit ihren von der Arthritis krumm gebogenen Fingern das Geschenk zu öffnen, wobei ihr die Anstrengung ins Gesicht geschrieben stand. Sie hätte geschnauft wie ein brunftendes Hirschmännchen. Schließlich sei sie vor lauter Erschöpfung einfach schweißüberströmt kollabiert. Lars' Vater rief noch den Notarzt herbei, wobei ihm vor Schreck sogar ein Stück Torte aus dem Mund gefallen sei. Jede Hilfe aber wäre zu spät gekommen. Die Oma hätte die Gans niemals lebendig gesehen. Sie sei in eine groteske Totenstarre verfallen, die Augen und den Mund verdreht, das Geschenkpapier fest umklammert, aufs letzte entschlossen, die Gans mit ins Grab zu nehmen. Lars' Mutter hätte sich das Ganze nur schwerlich verzeihen

können. Der kleine Geburtstagsscherz wäre wohl ziemlich nach hinten losgegangen und der runde Geburtstag auch gleich der letzte gewesen.
Der Lukacs und ich kondolierten dem Lars herzlich, er aber dachte nur an das Genialische hinter dieser Idee, welche seine Mutter befallen hätte. Lukacs und ich guckten uns an, als wären uns Klaviere auf den Kopf gefallen und wir bald vereint mit Lars' Oma.
Mann, ob wir denn nicht verstünden? Nein, nichts verstanden wir. Wir können doch nicht die Schule töten, indem wir ihr ein dick verpacktes Geschenk überreichten, dachten wir. Nein, natürlich nicht. Stille. Aber wir könnten sie doch ebenso dick und ingeniös einpacken, die Schule, sprach der Lars geradeaus und biss triumphierend in seinen Schokoriegel, dabei grinste er über das ganze kreisrunde Gesicht. Lukacs und ich mussten schmunzeln.
Heureka und Chapeau!, der Lars war wieder da und zwar in Bestform, so viel war wohl schon mal klar! So eine Idee und das von dem Lars, welcher vor wenigen Tagen noch schlichtweg hirntot, ja, komplett verbrettert gewesen war. Lukacs lächelte schelmisch, schließlich war sein Monolog ja scheinbar Stein des Anstoßes für so viel Kreativität beim Lars, in dieser Minute erschien er als der weise Lehrer, der nun die Früchte seiner mühsam erteilten Unterrichtsstunde ernten durfte. Liebevoll und gütig schaute er den Lars an, in seinem Auge funkelte etwas.
Das Lasum, es trumpfte auf, und zwar nicht weniger brillant als Manfred Kaltz! Der Lars hatte eine Bananenflanke geschlagen, direkt vor den Fünf-Meter-Raum und wir bräuchten ihn jetzt nur noch einköpfen, den Ball! Er hätte bereits

eine Skizze von der Schule angefertigt, wir müssten das relativ kleine Gebäude nur noch auf seine ungefähre Länge, Breite und Höhe hin ausmessen, vielleicht würde aber eine grobe Schätzung sich als ausreichend erweisen.

Fortan sammelten wir. Wir sammelten alles, was uns in irgendeiner Weise nützlich erschien. Papier, Pappe, Kartons, Geschenkpapier, Plastikfolien, Gummiüberzüge, Bettlaken, dünne Holzplatten, Lattenroste, Zeitungen, Tücher, Nägel und vor allem ganz viel Industrieleim und Holzklebstoff. Versteckt wurde alles in dem Wäldchen hinter dem Cage, wir verdeckten es mit Laub, was sich aber zunehmend als problematisch erwies, da der Berg täglich wuchs und wir das ganze Zeug natürlich auch irgendwann zur Schule verfrachten mussten. Zum Glück erstreckte sich hinter der zum Schulgelände gehörenden Turnhalle eine riesengroße Ackerfläche mit reichlich Bäumen und Gestrüpp drum herum, die sich als ein besseres, weil vor allem weitläufigeres Versteck erwies. Eines Abends schleppten wir im Schutze der Dunkelheit alles, was wir bereits angesammelt hatten, mit großen Seifenkisten, die wir an unsere Räder spannten, dorthin und hatten fortan das für unsere Pläne perfekte Versteck, das sich einerseits durch seine Nähe zur Alma Mater, andererseits aber auch durch seine relative Unauffälligkeit auszeichnete. Nun mussten wir nur hoffen, dass der örtliche Bauer, welcher das an die Schule grenzende Ackerland überwiegend zum Rübenanbau nutzte, nicht durch einen blinden Zufall auf unser Versteck stieß. Sonst wären wir nämlich ordentlich gelackmeiert und unser Plan nur so dahin. So ging das wochenlang. Wir sammelten und sammelten und sammelten.

Mittlerweile wurde es kälter auf weiter Flur und der Winter kündigte sich doppelt an, so hieß nämlich auch unser Hausmeister, Herr Winter, welcher dementsprechend angewiesen wurde, die letzten Bauarbeiten des Jahres vorzunehmen. Letztlich blieb es aber bei leeren Versprechungen. Im Kollegium wurde schon gescherzt, der läge doch eh nur mit seiner Obstlerflasche im Bett. Dabei sollte der längst schon die Rohre und die morschen Wände in dem baufälligen Gebäude isoliert und winterfest gemacht haben, statt sich mit seinem Obstler selbst zu isolieren und winterfest zu machen. So erhielt neben der unerträglichen Kälte, die der Friederich immer verströmte, auch eine meteorotrope Kälte Einzug in unser Klassenzimmer und uns war doppelt kalt. Sobald wir die Klasse betraten, wurde von allen Seiten geblökt, die Zungen rausgestreckt, selbst der Friederich konnte sich ein Schmunzeln kaum verkneifen.
Die Zeit drängte also, aber wir hatten immer noch nicht genügend Material angesammelt, um die Schule ordentlich zu isolieren. Dennoch wurden unsere Pläne immer konkreter, wir verbrachten ganze Nachmittage damit, Zeichnungen anzufertigen, Papier und Pappe zusammenzukleben, Holztäfelchen abzumessen und zu verschneiden, usw. Die Aufgabenverteilung war klar, jedem wurden die Fenster einer Schulseite zugeteilt, die Vierte würden wir dann zusammen bearbeiten. Aus alten Brettern bauten wir uns drei der Höhe des Gebäudes angemessene Leitern und versteckten diese gleichwohl hinter der Turnhalle.
Der Lukacs, wer sonst, hatte schließlich die geniale Idee, eines Abends einfach den örtlichen Altpapiercontainer zu plündern. Mittlerweile herrschte der Oktober in unserem

Örtchen und die Nachrichten wurden dominiert von den glanzlos gescheiterten Gorbatschow/Reagan-Abrüstungsverhandlungen in Reykjavik. Und so kam es, dass wir unsere eigene Aufrüstung just an einem Mittwochabend, an dem das Thema globale Abrüstung die Diskussion während des Abendessens ausmachte, beendet hatten, so dass selbst bei dem Schlagwort Pershing 2-Raketen meine Lippen noch von einem narzisstischen Lächeln umspielt wurden. Wir würden den Kalten Krieg schon beenden, der Schule würde nämlich ganz schnell warm werden.
Wir bräuchten nur ein geeignetes Datum, um zuzuschlagen. Am Besten wäre eine tiefschwarze Nacht, eine von diesen Nächten, in denen sich selbst die Katzen feige hinter ihrem Ofen verkrümeln vor lauter Unheimlichkeit und obendrauf noch ein Fußball-Länderspiel im Fernsehen übertragen wird. Unser Tag sollte kommen.
In der Halbzeitpause verabschiedete ich mich gähnend von meinen Eltern, ich hätte morgen noch eine wichtige Klassenarbeit zu absolvieren, und schlich mich in mein Zimmer und von dort aus dem Fenster direkt auf die Straße, natürlich nicht ohne vorher mein Bett entsprechend präpariert zu haben, mit meinem großen Stoffbär, den ich scharf in die Bettdecke wickelte. Wir hatten uns beim Bauernhaus hinter unserem Feldweg verabredet. Lukacs war pünktlich, nur der Lars trottete zehn Minuten zu spät an, er hätte sich beinahe selber verpfiffen, da er sich aus Versehen vor lauter Nervosität und Hektik schon im Beisein der Eltern den als Tarnung dienenden Damenstrumpf über den Kopf gezogen hätte in einem Anfall geistiger Umnachtung. Die vor allem seitens seiner Mutter aufgetauchten Irritationen wären

glücklicherweise bereinigt worden mit dem Vermerk, dies sei eine Geste in Richtung der verstorbenen Großmama, er hätte schließlich ein Recht darauf, auf die ihm angemessene Art zu trauern und einen ihrer Strümpfe zu tragen, wenn auch in unorthodoxer Weise auf dem Kopf.
Seine Mutter wäre wohl einsichtig gewesen und hätte den Lars nur noch mal ein paar Minuten drücken wollen, wie leid es ihr alles täte, den Strumpf dürfe er selbstverständlich tragen wie es ihm passte, aber er solle doch bitteschön einen frischen nehmen, das Wohnzimmer roch wohl eh immer ein bisschen nach Kompost.
So erreichten wir das Schulhaus mit gut zehnminütiger Verspätung, schwarzdunkle Kleidung und damenbestrumpfte Köpfe ließen uns eins werden mit der stockfinsteren Nacht, waren pure Mimikry. Das Schulhaus wirkte nicht gerade so als hätte es uns sonderlich vermisst. Kalt sah es aus, griesgrämig und bitterböse, durch und durch. Zu dritt trugen wir die zum Teil bereits zusammen getackerten Papp- und Holzvorrichtungen zum Schulhof, wobei wir uns immer im Schutze der Dunkelheit bewegten und stets wachsam waren. So lange jeder gewissenhaft die ihm zugeteilte Aufgabe ausführte, hätten wir nichts zu befürchten und würden gnadenlos reüssieren. Leider hatten wir nur zwei Eimer mit Industrieleim auftreiben können, einen aus der Werkstatt von Larsens Vater, einen anderen aus dem Kabuff meiner Eltern, den mein Vater jahrelang nicht mehr benutzt hatte, somit mussten der Lukacs und ich uns einen Eimer teilen, was unsere Arbeit nicht unwesentlich erschwerte.
Jedes Fenster sollte nämlich vierfach verleimt werden, je eine Holzschicht, zwei Pappschichten und noch einmal eine

dicke Schicht aus zusammengeklebtem Papier, welche auch ein wenig als Dekor fungierte, da wir sie, sollte uns noch Zeit bleiben, kräftig mit anti-scholastischen Slogans besprühen würden. Wir würden der Schule ein Graffiti verpassen, ein urbanes Tattoo! Besonderes Augenmerk galt natürlich den zwei Türen, welche von enormer Wichtigkeit waren und vollends versiegelt werden müssten, um den überraschten Gesichtern am nächsten Morgen den Einlass komplett zu verweigern, ja, ihn unmöglich werden zu lassen. So verleimten wir erst einmal die Türen separat, wobei nach Fertigstellung dieser Arbeit der Industrieleim schon zur Hälfte aufgebraucht und wir somit gezwungen waren, fortan weniger großzügig zu agieren. Die Leitern erwiesen sich als große Hilfe, ohne sie wären wir wohl aufgeschmissen gewesen.
Der Lars war aufgrund seiner körperlichen Konstitution von uns mit großem Abstand der Geeignetste für solcherart Bauarbeit (er konnte bestimmt das Achtfache des eigenen Körpergewichts tragen) und somit auch der Erste, der seine Wand nach gut ein-einviertel Stunden Arbeit komplett verleimt und befestigt hatte, nicht einmal vier Bulldozer würden diese durchbrechen können. Er hatte sich auch an die Wichtigste aller Wände gemacht, die Frontseite, welche den Haupteingang beherbergte, der nun zu einhundert Prozent undurchlässig war. Fortan arbeiteten wir schneller, da der Lars abwechselnd dem Lukacs und mir zu Hilfe kam und so unser Werk schon nach ungefähr vier Stunden harten Schaffens als abgeschlossen betrachtet werden konnte. Die Schule war dicht. Wir waren zu müde, um die Wände noch mit geistreichen Sätzen oder Schlagworten zu verzie-

ren und beschlossen, uns zu verflüchtigen, wir hätten die Arbeit zu unserer vollen Befriedigung ausgeführt und uns vor dem Morgen des Triumphes noch eine Mütze mit Schlaf verdient. So schlichen wir uns wieder nach Hause, mein nächtlicher Ausflug blieb von elterlicher Seite unbemerkt, ein zufriedenes Lächeln zierte mein Gesicht, in den Armen meines Stoffbären schlief ich sofort ein, wohlig war es dort und warm.

Das war bis dahin das Größte, was wir in unserem noch jungen Leben erreicht hatten, wir hatten ein Ding gedreht, das größer war als Gott. Wir hatten dem Dorf einen riesengroßen Mittelfinger mitten in seine Straßen hineingezeichnet! Als meine Mutter mir des morgens den Wecker ans Bett brachte, welchem in seiner hoch enervierenden Dröhnung schon etwas Despotisches anhaftete, da war mein Körper trotz der relativ kurzen Schlafensperiode von einer ekstatischen Aufgegeiltheit befallen, ich sprang nur so aus dem Bett und von dort aus unter die Dusche, einen französischen Chanson auf den Lippen, den ich in meinem Fantasiefranzösisch lauthals deklamierte, da ich des wahren Französisch zu diesem Zeitpunkt noch nicht mächtig war, wie auch, ich war ja gerade mal erst in der dritten Klasse. Der Blick in den Spiegel verriet mir nichts Neues, minutenlang starrte ich ihn an, fuhr mir durchs Gesicht und suchte nach Unebenheiten, aber die Nacht der Nächte hatte mich nicht verändert und die Adoleszenz mir noch nicht ihren Stempel aufgepresst. Meiner Mutter drückte ich zum Abschied einen Kuss so nass auf die Lippen, dass diese vor Scham errötete und der Lars und ich tanzten im Hopsschritt Händchen haltend zur Schule.

Dort hatte sich bereits eine Menschentraube gebildet, die Augen reibend vor dem Schulgebäude stand, aufgeregtes Murmeln erfüllte den taufrischen Morgen.

»Ja nee … eine Ungeheuerlichkeit … Kobolde am Werk … hat hier jemand mein Käsebrot gesehen«.

Die anderen Schulkinder jauchzten nur so vergnügt, während die eierköpfigen Erwachsenen verzweifelt versuchten, sich Eingang zu verschaffen. Der Friederich erklomm sogleich einen neuen Gipfel der Unzulänglichkeiten und rannte mit voller Wucht gegen die künstliche zementwandartige Außenhülle, woraufhin er sich mehrere Minuten lang mit schmerzverzerrtem Gesicht und hochrotem Kopf den Arm hielt. Diese Frechheit gehe wohl eindeutig auf Rechnung des ehemaligen Hausmeisters, welcher vor wenigen Tagen beurlaubt worden war, für diese Rache würde er zahlen müssen und das nicht zu knapp, er hätte fortan wirklich Urlaub, und zwar hinter schwedischen Gardinen, dort könne er vom Friederich aus weiterhin ausgiebig dem Alkohol frönen, dieser Einfaltspinsel!

Der Lukacs, der Lars und ich, wir lachten uns schimmelig. Wir hatten den ganzen Lulatsch einmal komplett eingepackt! Der von uns verwendete Industrieleim erwies sich als äußerst renitent und unbeugsam, die würden Tage brauchen, um den ganzen Komplex wieder vollends auszupacken. Die Schule konnte einpacken, so viel stand fest.

Der Friederich schnatterte und fuchtelte mit den Armen, als sei er ein Teichvogel vor einem unerwarteter Weise zugefrorenen See, entenesk watschelte er von dannen, den Direx holen und gleich den Polizeiwachtmeister obendrein. Man werde ja sehen, wer hier letztlich noch zum Lachen in den

Keller gehe. Das werde man schon sehen, haha, er werde sich gewiss nicht zum Hofnarren machen lassen, ganz sicher nicht vor allen Leuten, den Narren werde er höchstpersönlich hier vom Hofe geradewegs ins Gefängnis jagen und zwar mit seinen Fäusten und der Polizei.

Die Verstärkung erschien alsbald und stand nur so ratlos vor unserem Kunstwerk. Hmhm, man werde es wohl aufsägen müssen und hierfür seien Spezialsägen nötig, welche man erst aus der Hauptstadt bestellen müsse und das könne ja Tage dauern bei diesen Witterungen, ein Genie sei hier wohl am Werke gewesen, ein Teufel von einem Genius. Ein Genie war zweifelsohne am Werk gewesen. Glücklich schaute es aus, das Genie und bewundernd schauten der Lukacs und ich den auratisch schimmernden Lars nur so an. Ihm haftete ein Zauber an in jener Sekunde, während ihm zugleich ein Lüftchen entfleuchte, welches den frühen Morgen in zwei auseinanderstrebende Hälften zerriss. Das war sein Sturm des Triumphes, wir gönnten ihm diesen sehr, schauten nicht einmal peinlich berührt zur Seite, im Gegenteil, wir tätschelten noch seine glühend roten Wangen zärtlich und kniffen ihm erotisch in die Backen, was ihn kurzzeitig glucksen ließ.

4.

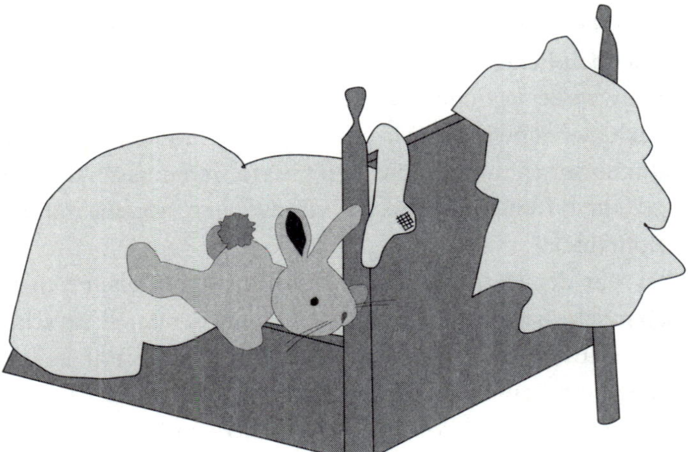

Von Seiten der Exekutive wurden Verhöre angekündigt, man werde jeden einzelnen Schüler zu dieser unangenehmen und dummen Sache ausgiebig befragen und die Verantwortlichen schon überführen und vor den Kadi zerren. Die von der Verpackungsaktion verschonte Turnhalle wurde zu einem provisorischen Gerichts- und Verhörsaal umfunktioniert, die Öffentlichkeit wäre selbstverständlich ausgeschlossen, es sei ja ein hochpeinlicher Vorfall, der sich hier zugetragen hätte und man wolle jegliches unnötige Bohei vermeiden. Warum auch, der Schuldige sei ja quasi schon gefunden, man werde ihn nur noch mittels Beweisen überführen müssen oder ihn zu einem freiwilligen Geständnis zwingen, notfalls mit dem Rohrstock.

So war der Herr Winter, ein harmloser, mittelalter, durch ziemliche Irrelevanz gezeichneter Mann, der jahrelang schon die Hausmeisterei auf unserem Schulgelände mit halbem Eifer betrieb (wer konnte es ihm verdenken), auch der Erste, der zu dieser Aktion befragt und ordentlich gescholten wurde. Sein IQ lag nicht gerade im dreistelligen Bereich, aber er war ein liebenswürdiges, großzügiges Kerlchen, das uns in der großen Pause den Kakao manchmal gratis überließ.

Unser Übergang von der Opfer- in die Täterposition ist bekanntlich fließend verlaufen, und jetzt hatten wir sogar noch einen Unschuldigen in die Bredouille gebracht. Als der gutmütig belämmerte Winter schließlich zur Schlachtbank geführt wurde und die Ratlosigkeit seinen Blick nur so zersetzte, da lief dem Lars, dem Lukacs und auch mir ein eiskalter Schauer über den Rücken, welcher die Brillanz unserer Aktion kurzzeitig schwimmen ließ. Wir konnten dieses gepeinigte Wesen nicht einfach auf das Folterrad der Exekutive strecken, dort würde er gebeugt und verkrüppelt, es hätte sich dann sicherlich ausexistiert für ihn.
Um viertel Zwei wurden wir selbst vorgeladen. Man rief uns auf und in die abgedunkelte Turnhalle hinein, eine viel zu niedrige Holzbank stand vor einem haushohen Pult und diente als zusätzliches Erniedrigungsinstrument, da man sehr tief saß während des Verhörs, beinahe auf dem Boden, während es von oben auf einen hinabbrüllte. Ich beschloss, die Bank ein wenig mit meinem Poknochen, welcher wirklich sehr spitz war, zu zerkratzen, indem ich eifrig aber unauffällig hin- und herrutschte.
Hinter dem Pult hatten der Schulleiter, der Friederich und der Oberwachtmeister Platz genommen. Es gab wohl gerade Mittagessen, der Direx löffelte noch missmutig in einer Portion Kükenragout, er war ein ungemein bärbeißiger Typ, das Testosteron pumpte nur so in seinem Körper, sein Walrossbart erzitterte gefährlich bei jedem noch so unbedeutsamen Atemzug, gieriges Schmatzen dröhnte uns in die Ohren. Dem Prinzip Niedlichkeit hatte er schon vor Jahrzehnten abgeschworen und in den Klassen verfestigte sich auch das Gerücht, er hätte den Humor einer Eismaschine.

Der Oberwachtmeister hingegen war gezeichnet durch ein sehr rundes Gesicht, welches seinen Kugelbauch noch mal untermauerte oder umgekehrt, er hatte etwas sehr Gemütliches, Wohnzimmerartiges an sich, aber eine Stimme wie ein Megaphon aus den mittleren Dreißigerjahren. Er trug einen flachen grünen Polizeihut und hatte eine große Schießpistole in einem Schulterhalfter, das waren die augenfälligsten Insignien der Macht an ihm. Denn seine Trampeligkeit verzerrte ihn nichtsdestotrotz zu einer sehr gelungenen Karikatur eines wilhelminischen Staatsdieners, nur die Pickelhaube fehlte noch, er wirkte wie ein Statist aus dem Deutschklassiker »Der Untertan«.

Name bitte, Beruf des Vaters, Nationalität und Konfession, aha, fränkisch also, soso, etwas lauter bitte und nicht ständig an die Nase fassen, und daneben, hmhm, Mittelschicht, weiß, röm.-kath., auch nichts gesehen, Sport täte ihm mal gut, und dich, dich kenne ich ja noch gar nicht, aha, Sohn eines Gewerkschaftlers, verdächtig, den werde man sich mal vorknöpfen, immer so blass?, dann bitte nach Hause und man werde benachrichtigt, wenn die Schule wieder öffne.

Knallchargen. Knallchargen des Dorfes, das waren sie, diese drei. Verdammt. Hätten sie nur den guten Hausmeister nicht schon verhaftet und eingekerkert … Wir beschlossen, einen poetischen Bekennerbrief zu schreiben, selbstverständlich einen gefälschten. Darin würden wir klarstellen, dass den Herrn Winter keine Schuld träfe, im Gegenteil, wenn es Schuldige gäbe, dann ja wohl diese Schule und die darin frei umherlaufenden Knallchargen. Sie hätte sich dieses Paket selbst zuzuschreiben. Aus Zeitungspapier schnipselten wir noch am selben Nachmittag einen Brief zusammen, selbstverständlich ohne Fingerabdrücke, und collagierten feierlich wie einst in der Züricher Spiegelgasse vor uns hin, sogar ein Foto des Täters fügten wir hinzu, der festen Überzeugung, den Richtigen gefunden zu haben, und warfen den Brief anonym in den Postkasten der Polizeistation. Am nächsten Tag wurde der Herr Winter sogleich aus der Untersuchungshaft entlassen, der Verdacht hätte sich nicht erhärtet, trotzdem dürfe er das Dorf vorerst nicht verlassen. Man fahndete fortan nach einem blassen Rothaarigen mit sehr großen Füßen und einer roten, exzentrischen Nase.

Die Schule war also passé, in Form einer Telefonkette verbreitete man die Nachricht von ihrer vorübergehenden Schließung aufgrund von Bauarbeiten, sie würde erst in ca. 5 Tagen wieder aufmachen. Die Zeit drängte also und wir bräuchten Geld.

Ohne Geld könnten wir das Dorf gewiss nicht verlassen, man würde nur mit dem Finger auf uns zeigen und obendrein lachen. Ein Ding müsste her, welches wir drehen könnten! Mit Geld ließen sich unsere Träume erfüllen, so schizo das auch war, denn Geld lehnten wir ja eigentlich ab beziehungsweise ignorierten es. Naja, viel zu ignorieren gab es da nicht, wir hatten ja keins und auch noch nie viel davon gesehen. Es gab für Kinder unter Achtzehn nur eine Möglichkeit, selbstständig aus dem Dorfe hinauszugelangen und das war mit der örtlichen Buslinie, der Nummer 365. Der einzige Bus weit und breit, der unser Dorf passierte, und das auch nur zweimal am Tag, einmal um 7.33 Uhr, wenn die älteren Schulkinder in die umliegenden Kleinstädte zu den Hauptschulen und Gymnasien gebracht wurden, und um

13.59, da wurden sie wieder zurückgepfercht, in diesem hässlichen gelben Kasten.
Für uns Jüngere war er dennoch das Straßencar der Begierde, die Hoffnung, die uns am Leben erhielt. Manchmal schrien wir ihm sehnsüchtig hinterher (»Autobus para los muertos!«), beinahe toll wurden wir, wenn er mal wieder unseren Dorfhügel hinaufrollte, um eine kleine Schar Auserwählter nach Utopia zu bringen, den Ruß hustete er dabei nur so aus seinem Auspuff hinaus. Wir knieten auf der Straße, rupften uns die Haare, flehten demütig wie vor einer Ikone, jeder einen Strauß gepflückter Gänseblümchen in den kleinen Händen und den hoffnungslosen Blick eines räudigen Hundes im Gesicht.
Gehör fanden wir niemals. Es war geradezu eine Lächerlichkeit. Einlass erhielt nur, wer einen ordentlichen Schülerausweis einer der weiterführenden umliegenden Schulen vorweisen konnte oder den stolzen Preis von zwei Mark und sechzig für eine Fahrkarte berappte. So viel Geld hatten wir nicht in unseren tollsten Träumen. Zwei Mark und sechzig, zwei Mark und sechzig, hallo, hast du vielleicht zwei Mark und sechzig übrig für einen Schwärmer? Darf es sonst noch was sein? Vielleicht ein kompletter Thomas Pynchon-Sammelband? Mit persönlicher Widmung? Für den Lars, den Lukacs und für mich?
Nein, mal im Ernst, so ging das natürlich nicht. Keiner von uns würde selbstständig zwei Mark und sechzig aufbringen können, nicht in fünf Tagen. Da konnte man wahrlich zum Zyniker werden. Und auf das Mitleid anderer brauchten wir gar nicht erst zu hoffen. Dazu gab es einfach zu wenig Niedlichkeit in unserem Dorf.

Es war das Jahr 1986, wir lebten in der Postmoderne und die Menschen waren kalt. Es herrschte eine Baisse. Eine Baisse der Gefühle, welche die Leute reihenweise aus ihren Reihenhäusern springen ließ. Aus dem Fenster auf den Asphalt. Auf den Asphalt, bumm, Kopf kaputt. Die Wellen des Thatcherismus schlugen bis in unser kleines Dorf hinein. Da unsere Eltern allesamt selbst Betroffene waren, konnten wir auf eine Taschengelderhöhung nicht hoffen, schon gar nicht auf eine um 70%, denn diese wäre bitter nötig gewesen, um die Himmelstüren der 365 für uns, also den Lars, den Lukacs und mich, zu öffnen. Pustekuchen.
Die Thatcheristen halfen uns nicht weiter, soviel stand schon mal fest. Also blieb nur noch der Schülerausweis. Aber wie sollten wir an einen Schülerausweis kommen, der uns flugs von der dritten in mindestens die fünfte Klasse bugsierte, wo ein Schülerausweis in seiner Funktion einem Visum gleichkam, mit dem man ausreisen durfte? Wir waren schlichtweg stigmatisiert. Diese blöde dritte Klasse. Und dieser Friedrich mit seiner ewig rhabarbernden Stimme. Die Schule hatten wir zwar vorerst ausgeschaltet, dennoch spann sie insgeheim weiterhin ihre Fäden, triezte uns unaufhörlich. Wie eine Triezmaschine war sie omnipräsent und dominierte unseren Alltag, trotz ihrer Schließung eine riesenhafte Triezerei. Hilfe wäre von Nöten jetzt. Wer hätte hier noch einen kleinen Rest von Niedlichkeit und Anstand in seinem durch-thatcherisierten Körper? Wir waren ratlos. Sogar der Lukacs, normalerweise ein Füllhorn brillanter Ideen, fummelte nur nervös an seiner am Rande abgesplitterten Brille herum, sein Mund blieb stumm. Wir beschlossen, die ganze Sache noch einmal im Schlaf zu durchdenken,

am nächsten Morgen würde schon jemand eine Idee vorweisen können.

Da sprach es sich in Windeseile herum. Der Verpackungskünstler wäre angeblich gefasst worden, genaues wusste keiner, ein heilloses Durcheinander herrschte in unserem Örtchen. Man vermutete Rache als mögliches Motiv. Der konnte sich erst einmal einiges abschminken, unter anderem diese groteske weiße Gesichtsfarbe. Es wurde zwar kräftig geleugnet, von Seiten des potenziellen Täters, von wegen, er arbeite doch hier, ob ihn denn keiner erkenne, er sei doch eine Autorität, bekannt aus Funk und Fern und von diversen Kindergeburtstagen, und nur weil er komisch aussehe sei er doch noch lange kein Verbrecher. Das viele Geld in seinen Taschen, das hätte er sich ganz ehrlich verdient, durch redliche Arbeit, sicher nicht durch Verpackungskünstlertum, von so was hätte er auch gar keine Ahnung. Hilfe, Hilfe, schlug er sich die Hände über dem Kopf zusammen und stolperte noch über die großen Füße. Man ordnete eine Untersuchung an und versprach, alles genauestens zu überprüfen. Die Polizei wie auch der Clown waren also für ein paar Tage miteinander beschäftigt, was uns sehr entgegen kam, denn so war uns vollständige Bewegungsfreiheit garantiert und wir konnten uns um die wesentlichen Dinge kümmern.

Der Armin war ein Klassenkamerad von uns und krank, er hatte sich eine Angina eingefangen und war mal wieder bettlägerig. Das heißt, er war eigentlich die meiste Zeit bettlägerig und krank und blieb dem Unterricht gerne mal fern.

Unzählige seltene Krankheiten zeichneten den Armin und malten ihm ins Gesicht und auf den Körper. Der Armin war (wie wir) acht, aber er hatte förmlich die Gebrechen eines neunzigjährigen Leprakranken, der ständig von einem Laster überrollt wird, und das aber auch zu 100%. Da er so ca. dreiviertel aller Schultage versäumte, unterrichtete ihn seine Mutter meistens selber. Sie war eine ungemein gebildete, studierte Frau, sehr feingliedrig, mit einem schönen Gesicht, wir Drei mochten sie gerne und auch der Armin war im Vergleich zum Rest unserer Klasse ein feiner Kerl, mehr Opfer denn Täter und sicherlich einer der Undoofsten in der 3a. Oftmals war der Armin sogar eine Art Ablenkungsmanöver, ja, quasi Schutzschild für uns, da die Größeren an unserer Schule den Armin, könnte man meinen, noch ein kleines bisschen lieber versohlten als uns, was wohl an seiner krankheitsbedingten Schwäche lag, welche die unserige noch um einiges überstieg, somit bekam der Armin oftmals eine über den Schädel gezogen, was seine Leiden nicht gerade linderte.
An jenem Tage war der Armin also mal wieder krank und wir beschlossen, ihm einen Besuch abzustatten, da unser Fluchtplan sich ja ohnehin noch im Larvenstadium befand, beziehungsweise hatten wir noch nicht mal ansatzweise eine Idee hierfür, das *Darüber Schlafen* hatte sich nicht wirklich rentiert. Wir müssten unsere Fluchtphantasien weiterhin ausagieren, und zwar zügig, doch nun erst einmal zum Armin, dem ginge es schließlich noch schlechter als uns.
Wir klingelten und seine Mutter öffnete die Tür, sie freue sich sehr, ihr Sohn bekomme ja so selten Besuch und das

würde ihr solchen Kummer bereiten, sie kümmere sich um ihren Sohn zwar aufopferungsvoll, aber sei schließlich auch selbst berufstätig, einer müsse ja das Geld heranschaffen. Der Vater sei bereits vor Jahren geflohen, zusammen mit seiner Sekretärin, deren Strapsstrümpfen er einfach nicht hätte widerstehen können, und sie stehe nun da wie der sprichwörtliche Ochs vor dem Berge und hätte obendrein den kranken Armin im Bett und müsste für die Allgemeine noch einen Leitartikel zu Ende verfassen, man hätte sie nach ihrer Meinung gefragt, es ginge um die Zukunft der sozialen Marktwirtschaft und die gegenwärtige politische Situation sei ja nur mehr mit dem Begriff *komplettes Ärgernis* zu fassen, geht doch bitte schon mal hoch, sie werde gleich folgen, mit drei Gläsern Orangensaft im Gepäck, welche sie schnell noch frisch pressen würde, wir hätten doch sicherlich Durst und ich wäre ja auch immer so blass, etwas Vitamin C täte mir bestimmt gut, puh, sie sei ganz außer Atem.
Wir betraten Armins Zimmer, das in schönen warmen Pastelltönen gehalten war, ein Poster des Hardrock-Rüpels Billy Idol zierte die eine Wand, an seiner Bettseite hing ein gerahmtes Bild der aktuellen Bundesliga-Mannschaft von Bayer 05 Uerdingen, welche vor genau acht Monaten in einem wahren Fußballkrimi den stalinistischen DDR-Oberligaclub Dynamo Dresden nach 1:3 Rückstand noch mit 7:3 bezwang und als Euro-Fighter in die Geschichtsbücher eingehen würde. Im wahrsten Sinne des Wortes wahre Helden, selbst für den Lars, den Lukacs und mich, die wir uns selbst noch eher als unsportlich einstuften, trotz unserer (unregelmäßigen) Präsenz im örtlichen Sportverein, dessen albernem Treiben wir aber auch nur beiwohnten, um nicht

als komplett wunderlich durchzugehen. Einige Science-Fiction Fotos an der Zimmertür komplettierten die Bilderflut, Raumschiffe durchforsteten unendliche Galaxien und deformierte Aliens kämpften Seite an Seite mit sichtlich ermatteten Erdenmenschen, sie kämpften gegen das Böse, immer weiter, hörten niemals auf, wie auch wir niemals aufhören würden.

Der Armin döste gerade vor sich hin, Lars rüttelte ihn in seiner ruppigen, larsigen Art am Arm, woraufhin Armin aufschreckte und verständnislos guckte. Er hatte wohl seit geraumer Zeit außer der Mutter niemanden mehr erblickt, zumindest nicht in Fleisch und Blut. Verstört wirkte er und hustete stark, das Fieber trieb ihm Schweißperlen auf die Stirn. Er könne nicht sprechen, da sein Hals rau und die Stimmbänder belegt seien, signalisierte er uns mit einem bedeutungsschwangeren Blick, aber er freue sich selbstverständlich über unseren Besuch und ob es denn einen speziellen Anlass hierfür gebe.

Ja nee, den gebe es nicht, die Schule sei ja, wie er sicherlich gehört habe, geschlossen, wir wären somit unserer sozialen Pflichten vorübergehend entbunden und hätten nun Zeit, uns dem besonderen Müßiggang zu widmen. Dazu gehöre wohl auch ein Glas Orangensaft an des Armins Bett, der zudem ja krank sei und dessen Kreuz wir gerne ein bisschen mit ihm tragen würden, im übertragenen Sinne, wie sich verstehe. Prompt kam auch Armins Mutter mit einem kleinen Tablett fröhlich in das Zimmer getanzt, wobei sie den Lukacs zärtlich über das Haar streichelte und ihm mit dieser Geste den Scheitel von der rechten auf die linke Seite legte, was den Lukacs wirklich unverschämt flott aussehen ließ, denn der Seitenwechsel verlieh seiner Frisur eine doch ziemlich freche Note.

Den Lukacs mochte sie besonders gerne, weshalb den Lars und mich des Öfteren auch die Eifersucht plagte und uns den Kopf zerbrechen ließ über eventuelle körperliche oder charakterliche Defizite gegenüber dem Lukacs, die wir scheinbar hätten. Diese Vorliebe für den Lukacs käme ja nicht von ungefähr und wir wären schließlich auch Menschen und erwarteten für unsere Liebe auch mal eine Gegenliebe. Wahrscheinlich meinte sie das noch nicht einmal böse, aber etwas eigenartig war das schon, den dicken Lars und mich streichelte die Mutter vom Armin zumindest (so gut wie) nie.

So hatten also auch wir unser Kreuz, nur der Lukacs war in diesem Moment gewissermaßen kreuzlos, er genoss es wohl sehr. Gierig umklammerte er sein Glas Orangensaft mit beiden Händen und trank es in vier/fünf Schlücken leer, die dunklen, durch die Brillengläser hindurch schier unermesslich groß wirkenden Augen starr auf Armins Mutter gerichtet. Er war kein Connaisseur, was Orangensaft anging, aber hinsichtlich Streicheleinheiten konnte man ihn schon als einen solchen bezeichnen. Die genoss er, ohne, das muss man fairerweise wohl sagen, öffentlich damit anzugeben. Er hing es einfach nicht an die große Glocke, wenn er mal Streicheleinheiten erhaschte. Wenn ihm eine zarte Hand wuschelnd durch das Haar fuhr oder in die Wangen kniff, dann setzte der Lukacs nicht mal eine triumphierende Miene in unsere Richtung auf.

So saßen wir da in des Armins Zimmer und starrten umher auf dies und das, der Lukacs auf die Mutter vom Armin, der

Armin verständnislos auf den Lars und mich und ich auf das Poster von Bayer Uerdingen, wobei mir dort besonders die Funkel-Brüder aus irgendwelchen Gründen ins Auge stachen, vielleicht lag es auch an dem Bart vom Friedhelm, der ihn nahezu ikonengleich strahlen ließ, es schien fast so, als hätte sich ihm eine Korona über das Haupt gelegt, als Dank für seinen kontinuierlichen wagemutigen Kampfeinsatz.

Armins Mutter sprach als erste in die Stille hinein, sie müsse sich mal wieder an ihren Schreibtisch setzen und arbeiten, wir könnten uns ja melden, wenn wir etwas bräuchten, dem Lukacs würde sie noch ein Buch empfehlen, irgendetwas mit »Parfüm«, sehr postmodern und zitatreich sei das Ganze und würde ihm mit Sicherheit gefallen.

Der Lukacs mochte den Zitatreichtum sehr gerne, er begründete dieses Faible mit der dahinter stehenden Vielstimmigkeit, man müsse ja aus der Vielstimmigkeit eine Tugend machen, bei den Menschen sei es schon eine Unverschämtheit, wenn sie *ich* sagten. Zitatreiches Sprechen erlaube es dem Subjekt nun mal, ein bisschen zu verschwinden und sich mit Größerem zu bekleiden und zwischen diversen Identitäten zu switchen und sich somit der eigenen Langweiligkeit zumindest zeitweise zu entledigen. Wir erzählten dem armen Armin dies und das, sparten dabei selbstverständlich unsere illegalen Aktionen aus und konzentrierten uns auf für uns weniger Relevantes, für den Armin, der das Tageslicht nicht mit großer Regelmäßigkeit erblickte, dafür umso mehr. Es waren größtenteils Geschichten vom Schulhof, die wir hier und da noch ein wenig ausschmückten, um uns selbst in einem besseren Licht stehen zu lassen, denn in

den Geschichten, die der Schulhof schrieb, waren wir für gewöhnlich, wie bereits oben ausführlich geschildert, krasse Außenseiter.
Selbstverständlich wusste das auch der Armin und hatte es sogar mehrfach am eigenen Leibe erfahren müssen, wenn er mal wieder unten lag, unter dem Nils, dessen Fäuste dann nur so auf den armen Armin eintrommelten, unter dem Beifall der umherstehenden frohlockenden Nils-Kameraden, unterbrochen nur von einer kleinen Breakdance-Einlage der Acid-Füchse. Ich glaube, im Grunde genommen war Armin auch ganz froh, nicht täglich zur Schule zu müssen, denn seine Absenz verschonte ihn vor weiteren Trommelaktionen, die ihn doch irgendwie quälten, psychisch wie auch physisch. Hilfe bekam er selten. Er würde es dem Nils gerne heimzahlen, am liebsten mit einem Trecker, der den Nils dann in seinem ganzen Körperumfang überrollen und die Knochen in ein wahres Trümmerfeld verwandeln sollte. Die Lisa weinte dann garantiert um ihren geraden Nils und wir, wir könnten sie trösten, zumindest einer von uns oder auch alle vier.
Aber der Armin konnte gerade niemanden trösten, im Gegenteil, er war regelrecht selber trostbedürftig. Beinahe sehnsüchtig lauschte er unseren Geschichten, und wenn es wirklich jemanden geben sollte, hatten wir uns bis dato immer gedacht, der unseren Geschichten sehnsüchtig lauschte, dann hätte dieser Mensch wirklich nicht viel zu lachen im Leben. Im Gegenteil, ein Glückspilz sähe anders aus, die Person wäre wohl getrost als suizidgefährdet zu bezeichnen, sie bräuchte entweder eine weiche warme Brust, in die sie ihren Kopf betten könnte, oder aber ein Gewehr, welches

selbigen aus Mitleid durchschießen würde, um dem ganzen Spuk ein Ende zu bereiten.
Sehnsüchtig lauschten wir regelmäßig den Geschichten vom Fitzgerald oder dem Steinbeck und sehnsüchtig lauschte nun der Armin unseren Geschichten, da herrschte doch eine gewisse Diskrepanz, schmunzelten wir, ertränkten aber unsere Zweifel im Orangensaft. Denn die wirklich spannenden Passagen mussten wir dem Armin zwangsläufig vorenthalten, auch wenn wir dem kranken, gebeutelten Schulkameraden durchaus Verschwiegenheit zutrauten, aber das Risiko wollten wir einfach nicht eingehen. Zuviel hing nun mal daran und das war ja auch wirklich der Pferdefuß an der ganzen Sache, denn es brannte in uns, wir mussten diese Geschichte loswerden, sie zumindest aufschreiben und sie dann verstecken, aber nein, maßregelte mich der Lukacs immer wieder, niemals dürfe diese ans Licht der Öffentlichkeit gelangen und hielt mir symbolisch die aus Daumen und Zeigefinger geformte Pistole an den Kopf. Hätten wir erst einmal die uns einengenden Strukturen durchbrochen, dann wäre solcherart Profilneurosenbewältigung auch garantiert nicht mehr nötig, das Übersteigen dieses Zaunes, das Durchbrechen jeglicher Grenzen transponierte uns auf eine Ebene, welche die vollkommene Klarheit bedeutete, wir wären auf immer frei, auf der anderen Seite, hinter den Zeichen, in den Zeichen und darüber hinaus, wir wären Bartleby, Cicero und Dürrenmatt auf einmal und in Reinkultur. Da sei die Welt dann selbsterklärend. Ein unendliches Glücksgefühl machte sich in uns breit, alles bis dahin erlebte Leid würde in einer Sekunde hinfällig werden, abgesaugt aus uns, wie mit einem ultragroßen hyperrealen Staubsauger.

Wir wussten selber nie so recht, ob der Lukacs da nicht ein klein wenig übertrieb. Dass das Dorf die einengende Instanz war, die uns stetig brandmarkte, stand außer Frage, es präsentierte uns eine Wirklichkeit, die wir so nicht hinnehmen konnten. Und dass eine Überwindung dessen einer Initiationszeremonie gleichkäme, na gut, von uns aus, aber dass jegliche Hürden damit auf immer eingerissen seien? Hatten wir wirklich so viel Glauben? Wir mussten einfach glauben. Ohne den vollkommenen Glauben könnten wir nicht kämpfen, nicht zu hundert Prozent, und wir bräuchten mindestens hundertzwanzig Prozent, um die Grenzen des Dorfes wirklich komplett niederzureißen.

Einen Termin machten wir aus, noch drei Mal schlafen, dann würden wir es wagen, wir hätten keine andere Wahl, noch 66 Stunden Vorbereitungszeit und der Armin lag immer noch krank in seinem Bett und wir Drei saßen ihm zu Füßen, schlürften Orangensaft und hatten nach wie vor keine Vorbereitungen getroffen. Während der Lukacs und ich uns noch verträumt in die Augen schauten, in ihnen lasen, redete der Lars weiterhin auf den Armin ein. Er redete wohl schon seit einer Stunde, wir hatten gar nicht mehr richtig zugehört, so gedankenverloren waren wir, so sehr hatte mich die Figur des Lukacs gefesselt. Über seine Oma, über Trecker, die etymologische Wurzel des Wortes Angina, das örtliche weiter ausgebaute Industriegebiet, über dänischen vs. holländischen Käse usw. etc. pp. Der Armin hatte schon einen hochroten Kopf vor lauter Zuhören und wir kniffen den Lars in den Arm, es sei nun Zeit zu gehen und wir hätten ja noch einiges vor.

Da redete der Armin auf einmal. Nicht ein Wort hatte er

gesprochen, seit wir das pastellene Zimmer betreten und mit unseren semi-flamboyanten Geschichten versucht hatten, den Armin ein bisschen aufzuheitern. Aber jetzt hob er feierlich seinen fiebrigen, schweißüberströmten Kopf und sprach. Leise und behäbig, mit heiserer, metallener Stimme, als hätte man ihm einen Vocoder eingepflanzt, er schien von weit her zu sprechen, entrückt, wie aus dem Off:

Die Sehnsucht in unseren Augen von hoher Auffälligkeit sei. Verbergen nicht wir sie könnten, auch nicht in unseren Geschichten. Unzufriedenheit uns plage. Den Schlüssel er würde schon geben uns. Krank er seien und schwach. Wir kraftvoll hingegen und voller Elan. Wir finden müssten, wonach wir suchten. Aber ein weiter Weg es wäre. Sein großer Bruder verlassen ihn hätten vor nunmehr fast dreißig Monden. Studieren gegangen er sei. Weit weg. Weit hinaus, noch hinter den Sternen, in Augsburg. Armin gewesen sehr traurig damals. Sein Bruder ihn hätte trösten wollen. Einen Fahrausweis er ihm hätte vermacht, damit er besuchen könne den Bruder, wann immer er wolle. Aber nichts er können besuchen den Bruder. Armin sehr krank seien momentan. Seine Mandeln ihn plagten. Bald er wohl seien seine Mandeln los … Obendrauf er noch seien ohne Bruder, ganz alleine. (D.e.m)[1] *entsprechend wir jetzt aber seien mit Fahrkarte. Die er uns nämlich überlassen wolle. Hier. Sein Herz es ihm zerreißen täte. Aber wir nehmen sie müssten. Und dann raus. Nicht warten wir dürften auf ihn … Schnell wir uns beeilen müssten. Bevor es seien alles zu spät.*

[1] Deus ex machina

Er wendete sich ebenso schnell von uns ab wie er überraschenderweise angefangen hatte, zu sprechen. Sehr verwirrt wir waren. Entschuldigung. Wir waren sehr verwirrt. Lars schraubte sich als erster in seine Fassung zurück. Er griff nach der auf Armins Nachttischchen liegenden Karte und zog uns vorsichtig hinaus, wahrscheinlich rechnete er damit, Armin könnte seinen Entschluss noch revidieren. Ich glaube, wir sagten noch nicht einmal *Tschüss*, so sehr war unser Waggon aus den Schienen gesprungen. Lukacs klopfte noch einmal kurz an das Bürozimmer von Armins Mutter, mit Sicherheit werde er das von ihr empfohlene Buch bald verschlingen, ebenso sehr, wie er alle von ihr empfohlenen Bücher verschlungen hätte, beim nächsten Besuch werde man dann eine ausführliche Besprechung dieses Werkes vornehmen, er freue sich jetzt schon sehr, hochachtungsvoll, der Lukacs.
Wir verließen dieses wundersame Haus. Es war bereits früher Abend und die umliegenden Straßenlaternen schufen eine seltsam futuristische, nahezu bedrohliche Atmo, in kaltem Neonlichte tanzten leuchtende Käfer ihre konzentrischen Kreise, ich glaube, es waren ausländische Insekten, wissend flogen sie umher, auf eine gefährliche Art wissend. Sobald sie dem Lichtkegel der Straßenlaterne entwischten, hörten sie auf zu leuchten als hätten sie etwas zu verbergen, das machte sie uns noch unheimlicher.
Sie schienen uns zu verhöhnen, folgten uns von Lichtkreis zu Lichtkreis, wir beschleunigten unsere Schritte und fanden schnell einen Mittelweg zwischen Joggen und Gehen. Also walkten wir schwungvoll nach Hause, unfähig uns zu freuen oder Pläne zu fassen, mit durch und durch bösen

Leuchtkäfern im Nacken und einer Fahrkarte in unseren klapprigen Händen.

Es war durchaus eine gute Fahrkarte. Lars studierte sie zu Hause genau, er, der einer Naturwissenschaftlerfamilie entstammte, hatte das mathematisierteste Gehirn von uns dreien und konnte mit Zahlen umgehen, beinahe spielerisch ließ er sie seinen Kopf passieren, addierte, stellte Integrale auf und nahm Wurzeln. Die Karte würde uns alle drei nach draußen bringen, das war klar, sogar noch weiter, als wir uns jemals erträumt hatten. Preisstufe D, das würde reichen für einen Trip, mindestens so lange wie ein Film biblischen Ausmaßes. Lange hatte er sie studieren müssen, aber es gebe wohl keinen Zweifel. Keinen Zweifel an ihrer Echtheit, keinen Zweifel an ihrer Reichweite. Der Armin war unser Gott aus der Maschine, so viel stand schon mal fest. Unsere höllenhafte Eremitage war gestern. Wir könnten uns zur Feuertaufe begeben.

5.

Wir fielen in einen tiefen Schlaf in jener Nacht, ein seltsamer Traum kam wieder hoch, den wir schon einmal geträumt hatten. Ein Luftkissenboot glitt über stürmische See und brachte uns mit hoher Geschwindigkeit auf eine zweigeteilte Insel. Die eine Seite war sehr düster, von blattlosen, verdorrten Baumresten und einer weitläufigen Steinwüste dominiert. Auf dieser Seite gab es einen hohen, finster dreinblickenden Kerkerturm, der von einem glatzköpfigen *zahnlosen* Mann bewacht wurde. Laute Heavy-Metal-Musik dröhnte aus dem Gebäude und es hieß, der Kerker wäre unten rum feucht und frostig. Gemütlichkeit fände man hier sicher nicht.

Die andere Seite hingegen erschien uns sehr sonnig und warm, sie war voller bunter Vögel und Streicheltiere, ein prachtvoller Regenbogen stand am Firmament und schien auf einen großen Freizeitpark, das aufgeregte Geschrei spielender Kinder erfüllte die Luft und ein DJ spielte hochsexuellen Discofunk. Das Luftkissenschiff hielt an einem langen Steg, der zugleich die Grenze zwischen Sonnen- und Schattenseite der Insel ausmachte. Ein orkanartiger Wind drängte uns auf die dunklere Seite, wir aber hielten dagegen an und kämpften uns bis vor die Tore des Freizeitparks.

An der Kasse saß eine gedrungene alte Frau, sie taxierte uns genau. Lars kam als Erster dran. Einen guten Tag, ob der junge Mann denn *Mitglied* sei? Schrecken machte sich breit auf unseren zarten Gesichtern, Lukacs kratzte sich noch etwas Schlafdreck aus seinem Auge. Nein, er sei wohl buchstäblich noch *ohne Glied*, sagte der nach wie vor kastrierte Lars im schier Mitleid heischenden Tonfall und schaute sich hilfesuchend nach uns um, die Tränen hatte er in den Äuglein stehen, seine Stimme zitterte regelrecht. Hm, es täte ihr leid, dann ginge es leider nicht. So wurden auch wir abgewiesen, obwohl bei uns der Mangel nicht so offenkundig war, wie beim Lars, in einem Wisch fertigte man uns ab und diskriminierte uns gleich mit, mit gehangen, mit gefangen, im wahrsten Sinne des Wortes, der Kerker war nämlich für den Rest des Traumes unser Zuhause, feucht war es, der Meister der Puppen dröhnte lauthals in unsere Ohren, wir missbilligten ihn sehr.

Schweißgebadet und zittrig wie ein Klappergestell wachten wir am nächsten Morgen auf. Ob wir auch diesen Traum … ja, hatten wir … ja das sei doch merkwürdig … und diese alte Frau kannten wir doch irgendwoher … hm … *Unzufriedenheit uns plage, schnell wir uns beeilen müssten*, konnten wir von weit her Armins mantraartig heruntergebetete Sätze hören.

Eine Sitzung wurde anberaumt, welche auf dem Cage stattfinden sollte. Aufgeregt redeten wir durcheinander, wie ein Haufen angesengter Hühner. Selbst Lukacs' ansonsten schritttempohafte Sätze wirkten plötzlich übereifrig dahergemurmelt. Lars fuchtelte mit der Fahrkarte. Skepsis wurde in unsere Vorfreude hineingemischt und rührte sich dort

um, trotz allem war uns nämlich ziemlich bange, dies hier war ein großer Schritt für uns, nahezu eine herkulische Mission.
Aber wir hatten die Karte, wir hatten uns, wir hatten alle für den Trip erforderlichen Pläne konsequent ausgeführt, alle Hindernisse beseitigt, nun wäre es Zeit für die Krönung.
Wir müssten uns nur treiben lassen. Mache dein Leben zu einem Kunstwerk, dessen Urheber du nicht bist! Rein in die Arche und los!
Das Dorf hatte uns zur Paria werden lassen, nun würden wir ihm die sprichwörtliche Narrenkappe aufsetzen, und zwar durch unsere durchdachte und hinterhältige Flucht. Mit allen Mitteln würde es versuchen, uns zurückzuhalten, uns weiter zu triezen, das war klar, aber wir würden ihm schon entwischen. Erbarmen wäre von nun an ein Fremdwort für uns, kaum den Fängen des Dorfes entronnen, hätten wir schon unsere Cordhosen bis auf die Knie hinuntergezogen und ihm die blanken Hintern entgegengestreckt und es somit gedemütigt und bis auf die Knochen blamiert. Dann könnten wir uns zur Meisterfeier begeben, unter dem respektvollen Klatschen der neutralen Beobachter, keiner würde es mehr wagen, den Lars oder auch uns wie einen Kastraten zu behandeln und den Einlass ins Paradies zu verweigern. Den Lars hätten wir endgültig de-kastriert und der große Phallus des Dorfes würde seinerseits unter enormem Getöse zusammenfallen, wie ein frisch gesprengter Wolkenkratzer.
Warten konnten wir nicht mehr, unsere Herzen schlugen wild, wir mussten handeln und zwar schnell. Schon am nächsten Morgen säßen wir in der 365, jeder von uns eine

der roten Plastikschalen im Rücken, mit Tempo 50 ab in die Freiheit.

Vorbereitungen bedurfte es nicht mehr vieler. Wir schmierten Brote, sammelten Trinkpäckchen und Vollmilch-Schokolade und zogen unsere besten und schmissigsten Anziehsachen an, zum Beispiel wählte ich einen grau-beigen Anorak mit Plastikkapuze gegen Regen und ein weißes, tailliertes Sweatshirt mit einer Comicmaus, dazu trug ich helle Tennisschuhe mit einer Klettverschlusslasche, die über die Schnürsenkel führte und diese bedeckte. Ein umgedrehter schwarzer amerikanischer Baseball-Hut mit einem Piraten drauf zierte meinen Kopf und ließ mich etwas weniger ungefährlich aussehen, die anderen agierten ähnlich in der Auswahl ihrer Kleider, mit Respekt begutachtete ich den Lars, den Respekt gab er mir zurück durch einen leisen Pfiff, der zwischen seinen Zähnen anerkennend hindurchtönte, während er mich von oben bis unten musterte.

Unter dem Vorwand, gemeinsam das örtliche Kohlebergwerk besichtigen zu wollen, verließen wir gegen sieben Uhr früh bereits das Haus. Starker Nebel hing in der Luft und drängte die Sichtweite zurück, sie war jetzt ungefähr sieben Meter vor uns. Wir hielten uns westwärts, gute zwanzig Minuten Fußweg lagen zwischen dem Lukacs, dem Lars und mir und der örtlichen Bushaltestelle, die allgemeine Diesigkeit würde ihn vielleicht noch um gut fünf Minuten verlängern.

In Lisas Hühnerfarm herrschte nicht gerade hektische Betriebsamkeit, ein einziges Auto hatte sich auf den unendlich großen Parkplatz verirrt, der Werbeaufdruck auf der

Fahrerseite entlarvte es als Firmenwagen des städtischen Schleifermeisters, wahrscheinlich wurden hier gerade die zahlreichen Schlachtermesser scharf geschliffen, die Hühnerhälse freuten sich gewiss über so viel Fleiß am frühen Morgen, heute Mittag würden hier Köpfe rollen, so viel stand fest.

Kurzzeitig überlegten wir, die Lisa in unsere Pläne einzuweihen und auf unseren Trip mitzunehmen, aber nein, sie läge bestimmt noch in den Federn und das hier wäre eine Sache zwischen dem Lars, dem Lukacs und mir, außerdem sei die Lisa schon sehr ignorant gewesen uns gegenüber und hätte so viel Zwietracht gesät, speziell zwischen uns, speziell in den letzten Wochen, etwas weniger Aufmerksamkeit täte ihr gut, sie hätte ja auch noch den Nils und der würde wie ein Mähdrescher über uns herfallen, wüsste er von diesem Ausflug. Also schlichen wir uns unauffällig an der Hühnerfarm vorbei und liefen den großen Feldweg entlang weiter in Richtung Haltestelle.

Je näher wir kamen, desto mehr Schulkinder säumten die Straße. Aufgeregtes Gemurmel erfüllte den taufrischen Morgen. »Mathe abschreiben … gleich Geschiklausur … hat hier jemand mein Käsebrot gesehen?« Unauffällig gesellten wir uns dazu, die Gebärden der umherschweifenden Pennäler imitierend, penibel darauf bedacht, unsere grundschulische Provenienz nicht durchsickern zu lassen.

Die Schüler der weiterführenden Schulen hatten auch ihren ganz eigenen Sinn für Humor. Einer der ihren stellte sich beispielsweise hinter den Lukacs und tippte ihm mit einer Hand auf die rechte Schulter, stand selber aber, und hierin bestand wohl der Clou, auf der linken Seite, so dass der

Lukacs, als er einen Blick über seine rechte Schulter nach hinten warf, um zu sehen, wer ihn denn da sprechen wolle, erst einmal verdutzt ins Leere schaute, während sich der Bub hinter ihm vor Lachen nur so kugelte. Selbstredend machten wir diese Späße mit, taten so, als kannten wir sämtliche Pointen und würden uns nach dem Halt des Busses schnurstracks zum Fünftklässlerunterricht begeben, wie jeden Morgen. Natürlich durfte keiner wissen, dass wir andere Pläne hatten. Pläne, die denen der Umherstehenden diametral entgegengesetzt waren.

Es war genau sieben Uhr dreiunddreißig, als sich die Silhouette der Linie 365 am Horizont abzeichnete und zunehmend zu einem Gebilde von nahezu epiphanischer Anmut verfestigte, unsere Augen leuchteten stumm, wir hielten uns an den Händen, meine waren nass vor Schweiß. Das Geräusch des Dieselmotors drang opterngleich, größenwahnsinnig, keine Nebengeräusche duldend, von allen Seiten auf uns hinein, aus voller Brust brummte er, erst als der Gang rausgenommen wurde, konnten wir begeistert klatschen. Die Türen öffneten sich, ein Vorhang ging auf, ein Vorhang, den wir passierten, der uns Einlass gewährte nach Utopia und nach Dystopia und auch noch nach dazwischen, wir betraten die Bretter, welche die Welt bedeuteten.
Als sich mein Fuß auf das Trittbrett setzte und unsicher nach vorne tastete, die kalte Metalltreppe vorsichtig erforschend, da gab mir einer der ungeduldigen Älteren hinterrücks einen Schubs, der meine Bewegung in Richtung Bus ungewollt beschleunigte und mich geradewegs vor die Füße des Fahrers legte. Gelächter machte sich breit, vor allen

Dingen hinter mir. Geistesgegenwärtig sprang der Lars herbei und zog mich in Sekundenschnelle wieder hoch, dem Schubser drohte er mit einer Maulschelle, zog diese Drohung jedoch alsbald wieder zurück, wahrscheinlich aufgrund der körpermäßigen Unterlegenheit, die dem Lars schließlich gewahr wurde, wir flüchteten in den hinteren Teil des Busses.
Schon wieder in der Diaspora, dachten wir, denn die Blicke der anderen Schüler waren demütigend, der eine Teil lachte noch über die gelungene Schubsaktion ihres Kameraden, die anderen schauten uns entgeistert an, wie einen beschwipsten Pennersänger in der U-Bahn. Wir verzogen uns in die hinterste Ecke und öffneten erst einmal eine Tüte Kakao, an der wir nervös zogen. Innen drin klang das Brummen des Motors gar nicht mehr so wagnerianisch wie noch eben an der Haltestelle. Es wirkte dumpf und seltsam entrückt, Klangpartikel aus purem Bass drangen uns in die Ohren. Die feierliche Atmosphäre verzog sich alsbald, während draußen eine unmalerische Landschaft an uns vorbeizog. Schwindelgefühle machten sich breit, je weiter wir fuhren, desto breiter wurden sie. Es pochte in unsere Schädel hinein, der Lars wie auch der Lukacs schwammen vor meinen Augen.

Uns schräg gegenüber saß eine alte, gedrungene Frau, sie taxierte uns genau und richtete schließlich das Wort an uns: »Na, isser wieder dran?« Ob was bitte schön wieder dran sei? »Mönsch, schaut doch mal nach hinten«, lachte sie gackeiernd und schlug uns kumpelhaft auf die Schenkel. Wir blickten aus der fleckigen Heckscheibe. Der Bus hatte den Hügel passiert und das Dorf hinter sich gelassen, wir befanden uns schon auf der außerdörflichen Schnellstraße. Man meinte, eine Faust zu sehen, die sich bedrohlich hinter uns herschüttelte. Mehr Traum ging nun wahrlich nicht.

Das war bis dahin das Größte, was wir in unserem noch jungen Leben erreicht hatten, wir hatten ein Ding gedreht, das dreimal so groß war wie Gott. Wir hatten dem Dorf einen geharnischten Mittelfinger in die Straßen gezeichnet! Die Erschöpfung zeichnete sich in unsere Gesichter hinein. Wir waren zu kraftlos, um den Moment auszukosten und jubilierend in der letzten Reihe der Linie 365 zu sitzen. Nicht ein Wort fiel aus unseren Mündern heraus. Die Sekunden des monumentalen Triumphes verstrichen auf alltägliche Weise, als wäre gar nichts geschehen.

Vom Bug des Busses kommend näherte sich ein Schaffner. Penibel kontrollierte er die Fahrausweise der Reisenden, ob hier jemand ungerechtfertigter Weise mit an Bord war, man wolle ja schließlich keinen Verschiebebahnhof eröffnen. Mühsam, aber geduldig erkämpfte er sich den Weg. Dunkles volles Haar bedeckte seinen Kopf, er trug es kurz und etwas zerzaust, die Augenfarbe war genau abgestimmt auf die der Haare, das Gesicht scharf konturiert und leicht gebräunt, neidlos konnte man hier von einem durch und durch schönen Mann sprechen. Eine warme Stimme komplettierte das sympathische Gesamtbild. »Einen schönen Guten Morgen. Dürfte ich mal ganz kurz einen Blick auf den Fahrausweis werfen?«, lächelte er. »Wir wollen hier nämlich keinen Verschiebebahnhof eröffnen.« Natürlich dürfe er das. Der Herr Oster. Als einen solchen identifizierten wir ihn gleichwohl nach einem flüchtigen Blick auf das über der Hemdbrust sorgsam angebrachte Namensschild. Seine Stirn runzelte sich in Falten, gebannt starrte er auf unser Ticket, als ob er gezielt irgendeine Unstimmigkeit suchte, redete er an uns vorbei und schaute durch uns hindurch: »Sie fahren zum ersten Mal mit dieser Linie, Monsieur Ingenhoff?«

Wir zuckten zusammen, der Kakao kam uns fast durch die Nase wieder durch, wir glaubten glatt, unser Schwein pfiff. Es war schlichtweg absurd. Dieser Mann war einfach nur absurd und die Situation grotesk. Nahezu komplett ignorierte er uns, ja sogar unseren Fahrausweis verballhornte er scheinbar komikergleich, in unserem Beisein, eine unüberbietbare Frechheit. Lars nahm meine linke Hand und führte sie sich an die Brust, das Herz war pochend, er war eine einzige pumpende Maschine, der Lukacs krallte sich in meinem Arm fest, die Fingernägel kratzten in meiner Beuge und ich, ich musste jetzt endlich mal was sagen. Entschuldigen Sie doch mal, ob es denn hier irgendwelche Probleme gebe, wir seien ja wohl eindeutig rechtmäßig hier, das bestätige doch auch dieses Dokument, welches wir ihm, dem Herrn Oster, ohne viel Murren und Aufheben überreicht hätten, getriezt hätte man uns, schon jahrelang, da könne er, die Kontrollinstanz, doch nicht einfach …

»Ach was, natürlich nicht. Für wen hältst du mich? Ein Monster? Nenn mich doch Paul. Einfach Paul. So heiße ich nämlich in echt. Ihr habt ja auch schon einiges durchgemacht, man sieht es euch an. Die Flucht sorgfältig geplant und nun sauber durchgeführt. Es steht in euren Gesichtern geschrieben. Ich kann es lesen. Ich hoffe, du bist dir im Klaren darüber, wo du dich befindest. Keine Angst, auf der sicheren Seite natürlich. Hinter der Grenze sozusagen. Auf der außerdörflichen Schnellstraße. Dort, wo sie dich nicht mehr kriegen können, weder die hinterhältigen Acid-Füchse, noch der Friederich mit seiner ewig rhabarbernden Stimme. Willkommen also in der Welt. Du brauchst keine Furcht zu haben. Wirklich nicht. Ihr seid ja schon sehr viel mäandert, habt Fährten gelegt und wieder verwischt, habt in die Straßen geschrieben und gezeichnet. Wie ein Hilferuf. Ein Bild habt ihr gezeichnet und ein Wort damit gemeint. Nu**R** am vierten Tag, da habt ihr eine gerade Linie durchlaufen, haha. Mein Freund! Ein Hufeisen, ja mein Gott, ein Hufeisen: **U**. Und eine **B**umsgerade Linie: **I**! Von einem lupenreinen **K**reis **O** mal ganz zu schweige**N**. Die Route kam ja wohl nicht von ungefähr zustande. Sieben Zeichen, mein Junge, ein ganzes Wort, ich gratuliere dir. Das kannst du dir ja aufs Cover malen. Jetzt brauchst du nur noch die passenden Sätze dafür. Denn dann wirst du den Menschen endgültig entgleiten. Und sie können nichts unternehmen. Du selber wirst natürlich unauffindbar bleiben. Einige werden sich ihrerseits in dir verstecken wollen, das wird sich leider nicht vermeiden lassen. Andere wiederum werden versuchen, dich da herauszuziehen. Dann lockst du sie. Gerade, wenn sie meinen, dich schon gefasst zu haben, gerade wenn du sie in der Illusion hast, deine Hand schon zu halten, dann lässt du sie wieder los, lässt sie fallen. Aber sorge dafür, dass sie weich fallen, damit sie nicht die Lust an dir verlieren. Du musst sie dir nämlich warm halten. Und dann lehnst du dich zurück und genießt einfach den Augenblick. Aber jetzt komm erst mal.«

Er gab jedem von uns einen freundschaftlichen, beinahe niedlichen Haken auf das Kinn und verschwand in dem Gang wie in einer schnell gezauberten Nebelwolke. Doch seine Aura lag noch in der Luft. Wie einen eifrigen Fön, der geduldsam seine warmen Winde verbläst, konnte ich sie spüren. Es war die Aura eines wahrhaft Goldigen. Charme blies er um sich. Charme, den Urquell des Lebens. Wie ein Parfüm von einem Zerstäuber wurde er durch den Bus versprüht und ließ die Reisenden trunken werden vor lauter Liebe, ihm konnte keiner was.

Für einen Moment hatte sich das Zeit-/Raum-Gefälle aufgelöst und auch das Subjekt kam mir in jener Sekunde ziemlich spanisch vor. Sie werden jetzt denken, dass wir alle etwas spinnert waren, damals, in den wilden Jahren der bricolagisierten Postmoderne. Vielleicht waren wir das ja auch ein bisschen. Vielleicht haben sie ja sogar Recht. Aber weiß Gott, einen Weg mussten wir doch finden. Mal ehrlich. Schließlich hatten wir die Bullen auf den Fersen. Und nicht nur die. Es war im Endeffekt nicht weniger als die ganze Welt, die uns da wie eine Phalanx entgegenstand. Wir waren auf der Flucht. Auf der Flucht vor den Bösen. Streckenweise waren wir selbst mal ein bisschen böse, das ließ sich leider nicht verhindern. Aber wer weiß schon, was böse ist. Im Endeffekt waren wir, glaube ich, auf der richtigen Seite. Die Anderen hatten es nicht besser verdient. Seien wir doch mal ehrlich.

Ich für meinen Fall möchte mich jedenfalls bedanken. Bei denen, die uns gerettet haben. Bei allen, die uns versteckt haben, uns Zuflucht gewährten, uns Kraft gaben, liebkosten, inspirierten, beschützten. Ohne euch hätten wir es niemals geschafft. Ich hoffe, ihr wisst wer ihr seid. Dank euch sitzen wir hier und erzählen diese Geschichte. Immer und immer wieder. Jedem, der sie noch gerne hören möchte. Mit viel Flow und Musikalität. Jeder Satz ein Knaller, ein wahrer Schuss vor den Bug. Ein glatter wohltemperierter Fausthieb auf die Nase der Triezmaschine. Man erzählt sich, dass selbst die stolzen Acid-Füchse anerkennend genickt und applaudiert hätten, statt uns nur enthemmt mit Hieben einzudecken, wie es sonst so oft der Fall war. Und die Lisa, die wollte uns wohl einfach nur noch fressen. Bis auf die Knochen abnagen. Und selbst unsere Knochen, die wollte sie angeblich noch fressen. Et voilá:

Es war das Jahr 1986. Wir waren acht Jahre alt, gerade in die dritte Klasse gekommen und Poststrukturalisten. Wir, das sind der dicke Lars, der Lukacs und ich …

Epilog

Heinz-Rudolf Friederich, Klassenlehrer der dörflichen 3a, sitzt nachdenklich an seinem nussbraunen, rechteckigen Sekretär, an dem er sonst Klassenarbeiten, vorzugsweise Aufsätze, benotet und nicht selten rotfarben markiert. Sorgenfalten zieren seine Stirn, nervös fährt er sich durch den obligatorischen Grundschullehrerbart, welchen er nunmehr tagelang nicht gestutzt hat. Er hält eine große Tabakpfeife in der einen und seinen Bart in der anderen Hand. Rauch quillt aus ihm heraus, ebenso aus der 365. Auf dem Tisch liegt ein aufgeschlagenes Buch, mürrisch betrachtet er darin die Linien des Schulbusses, die Pläne ihrer Fahrgäste, die gelösten Gesichter, die erlebten Abenteuer. Nichts konnte er uns mehr anhaben. Niemand konnte uns noch in die Parade fahren, beileibe nicht. Die Adern treten deutlich hervor auf seiner Stirn, Schweiß perlt von ihm ab, während er liest. Er ist vertieft in dieses Dickicht aus Zeichen. Beinahe verschluckt er sich an seiner Pfeife und muss laut husten. Abwechselnd schlägt er auf seine Brust und auf das Buch, autoaggressiv, busaggressiv. Ein Narr. Eine Witzfigur vor Gott, dem Herren. Oder vor Gott, der Dame. Immer wilder schlägt er auf das Buch ein, aber nicht eine Erschütterung trifft die 365, geschweige denn uns. Erschöpft, verzweifelt blättert er, fährt mit dem Finger über Zeilen, gibt selten komische Geräusche von sich, versucht, uns von den Wörtern abzutrennen, zu interpretieren, ja, ich glaube sogar, eine Note hat er sich aufgeschrieben. Immer hektischer werden seine Bewegungen, seine Finger fahren nur so durch die Seiten, unfähig, uns aufzudecken, uns zu greifen, unfähig, Sinn zu sehen. Einem tollwütigen Ochsen nicht unähnlich reißt er uns kaputt, streicht Stellen durch, steht auf, dreht sich, schleudert uns gegen die Wand, immer unkontrollierter werden seine Bewegungen, er schlägt den Kopf gegen das Buch, versucht, in uns einzudringen. Stoisch, nahezu unbekümmert bahnt die Linie 365 sich indessen ihren Weg, lässt sich nicht irritieren, stößt Rußpartikel aus, die sich triumphierend in der Luft verziehen. Energetisch, kraftvoll, wie ein psychotischer unkontrollierbarer Hengst, dem die Nüstern nur so schnauben, galoppiert sie dahin, neidisch schaut ihr die Natur von links und rechts hinterher. Neidisch schaut der Friederich von oben auf uns herab. Tränen der Wut und Enttäuschung laufen ihm die Wangen entlang, wie ein Achtjähriger schluchzt er hysterisch auf, schreiend, weinend, Hilfe suchend. Ein lauter Knall erfüllt das Dorf und beendet diesen schier nutzlosen Akt der Verzweiflung. Wutentbrannt und beinahe ohnmächtig hat er uns in einem Anfall völliger Impotenz endgültig zugeklatscht.

208 Seiten
Hardcover
ISBN 3-931555-83-6

Linus Volkmann

»Anke«
Roman

Na toll. Gerade ist Gärtner 30 Jahre geworden, muss er auch schon wieder zurück in sein Ex-Kinderzimmer ziehen. Wieder zurück zu den Eltern. Der Umstände halber. Die 90er, da pendelte er noch schillernd zwischen Hamburg und Berlin. Als Youngster in einer großen Plattenfirma zur Zeiten des Booms. Doch dann die wirtschaftliche Krise – und es war Aus.

Jetzt heißt es, am Abendbrottisch der Vorstadt den Fragen nach Zukunftsplänen auszuweichen und die eigene schwindsüchtige Ich-AG am Telefontischchen im Flur aufzuziehen. Prekäre Lage. Gärtner streift durch die stehen gebliebenen Szenarien seines Heimatdorfs, durch die alten Kneipen, trifft auf alte Schulfreunde und ähnliche Gespenster.

Als er seiner verflossenen ersten Liebe Anke begegnet, wird es richtig abenteuerlich. Denn da ist doch noch was zwischen ihnen. Hey, und nicht gerade wenig.

224 Seiten
Hardcover
ISBN 3-931555-92-5

Almut Klotz / Rev. Christian Dabeler

»Aus dem Leben des Manuel Zorn«
Roman

Berlin in der unmittelbaren Zukunft. Kein gemütliches Biotop mehr für alternative Lebensentwürfe, sondern eine Stadt am Rande des kollektiven Nervenzusammenbruchs. Die Helden haben keine Gegenwart: der eine, weil ihm mit dem Beruf auch der Alltag entglitten ist, der andere, weil er auf der Suche nach seiner Zukunft nur Reste seiner verlorenen Vergangenheit findet. Eine unerbittliche Jagd beginnt.

Der Debütroman von Almut Klotz und Rev. Christian Dabeler entwirft ein prophetisches Szenario, in dem Identität nichts mehr wert ist und selbst individuelle Erinnerungen käuflich sind. Nur die menschlichen Verfehlungen sind in dieser Mixtur aus Großstadtroman und labyrinthischem Thriller ganz die alten geblieben.

www.ventil-verlag.de